Kent Haruf

Kent Haruf, fils d'un pasteur méthodiste, naît en 1943 dans le Colorado. Un diplôme de lettres en poche, il commence par exercer, dans la grande tradition des écrivains américains, quantité de métiers avant de se consacrer à l'écriture. Il sera tour à tour éleveur de poulets, charpentier, infirmier, libraire dans l'Iowa, puis professeur d'anglais en Turquie dans les « Peace Corps » !
Durant la guerre du Vietnam, il obtient le statut d'objecteur de conscience et effectue son service civil dans un hôpital et un orphelinat. Il enseigne ensuite plusieurs années dans un lycée et vend sa première nouvelle à un magazine à quarante et un ans, en 1984. Il publie alors ses premiers livres, mais c'est *Le Chant des plaines* qui lui apporte la notoriété en 1999 (« Pavillons », 2001 ; « Pavillons Poche », 2014). Dès lors, sa carrière prend une dimension internationale : le roman est traduit dans plusieurs langues et Kent Haruf, dont le héros est William Faulkner, est considéré comme un successeur de Thomas McGuane ou de Jim Harrison. Après *Colorado Blues* (« Pavillons », 2002 ; « Pavillons Poche », 2006), nouveau succès public et critique, il publie *Les Gens de Holt County* (« Pavillons », 2006 ; « Pavillons Poche », 2015).
Kent Haruf décède chez lui, à Salida, dans le Colorado, en novembre 2014, quelques mois après avoir achevé l'écriture de son dernier roman, *Nos âmes la nuit* (« Pavillons », 2016).

Colorado blues

Kent Haruf

Colorado blues

Traduit de l'anglais (États-Unis)
par Anouk Neuhoff

PAVILLONS POCHE

Robert Laffont

Titre original : WHERE YOU ONCE BELONGED

ISBN : 978-2-221-20068-1
(édition originale : ISBN : 0-671-65903-0 Summit Books, New York)

Dépôt légal : mai 2017

Pour trois Elizabeth :
Sorel, Whitney et Chaney

Première partie

1.

Jack Burdette finit par revenir à Holt, au bout du compte. Personne n'y croyait plus à ce moment-là. Il était parti depuis huit ans et personne à Holt n'avait eu la moindre nouvelle de lui dans l'intervalle. Même la police avait cessé de le rechercher. Elle avait suivi sa piste jusqu'en Californie, mais après son arrivée à Los Angeles elle avait perdu sa trace et, à la longue, avait laissé tomber. C'est ainsi qu'en cet automne 1985, à la connaissance des habitants de Holt, Burdette se trouvait toujours là-bas. Il se trouvait toujours en Californie et on l'avait presque oublié.

Et puis, en fin d'après-midi, un samedi, au début du mois de novembre, il refit son apparition à Holt.

Il conduisait une Cadillac rouge à présent. Ce n'était pas une voiture neuve ; il l'avait achetée peu après avoir quitté la ville, du temps où il avait encore de l'argent à dépenser. Elle n'en était pas moins voyante, le genre d'auto que vous auriez imaginée conduite par un maquereau de Denver ou par un tout récent milliardaire du pétrole à Casper, dans le Wyoming. Il y avait toute cette peinture rouge – comme une plaie à vif, disons, ou comme la bouche fardée d'une femme un samedi soir – et elle brillait sous le soleil, elle étincelait, comme s'il avait passé la journée entière à l'astiquer en notre honneur.

Au volant de cette voiture, en laquelle nous n'aurions pas manqué de voir un affront et un outrage à toute la ville si nous avions su qui la conduisait, il traversa Holt par la route 34 puis, faisant demi-tour à la sortie de l'agglomération, il enfila Main Street vers le nord en passant devant le château d'eau, la banque, la poste et le théâtre municipal, pour se garer finalement en plein cœur de la ville sans descendre de son véhicule. Durant le reste de cet après-midi-là ainsi qu'une partie de la soirée, il demeura assis dans sa voiture comme s'il attendait quelque chose : fumant des cigarettes et crachant régulièrement sur la chaussée par sa vitre baissée, il ne remuait que de temps à autre sur son siège pour soulager la pression du volant contre son abdomen. Il devait penser que quelqu'un en ville lui dirait quelque chose. Mais non. Pas au début. Personne ne sembla même le reconnaître. Pendant au moins une heure ses anciens concitoyens se contentèrent de défiler devant lui, faisant leurs courses, parcourant les magasins comme n'importe quel samedi après-midi, sans s'arrêter une seule fois pour parler ni même marquer une pause assez longue pour observer la Cadillac et voir à qui elle appartenait.

À la fin, toutefois, quelqu'un pensa à appeler le shérif. C'était Ralph Bird, le propriétaire de la Boutique pour Hommes.

Vers quatre heures et demie, cet après-midi-là, Ralph Bird, jetant un coup d'œil dehors par la vitrine de la Boutique pour Hommes, remarqua la Cadillac rouge garée de l'autre côté de la rue devant le café. Au début personne n'y prêta plus attention que ça. La saison du faisan avait commencé et, en ville, les véhicules inconnus ne manquaient pas. Une demi-heure plus tard, pourtant, quand il regarda une deuxième fois de l'autre côté de la rue, il constata que la voiture était toujours là : l'homme qu'il avait aperçu précédemment était toujours assis là, tout seul, à l'avant, et la chose le tracassa. Il se mit à examiner la voiture. Elle ne lui rappelait rien. Cependant, au bout d'une minute ou deux, il lui sembla déceler quelque chose de familier chez l'homme à l'intérieur. Il se retourna et appela sa femme au fond du magasin.

« Hé, dit-il. Viens par ici une minute.

— Qu'est-ce que tu veux ?

— Viens par ici. »

Hannah Bird émergea de la réserve où elle travaillait au milieu des rayonnages en bois. C'était une grande femme maigre dont les cheveux étaient teints en roux acajou.

« Qu'est-ce que tu veux ? demanda-t-elle. Je suis en train d'essayer de caser ces boîtes à chaussures.

— Regarde ça, dit Bird.

— Quoi ?

— Cette voiture. Tu vois ce type à l'intérieur ? » Elle se rendit à l'avant du magasin.

« Je le vois.

— Qu'est-ce que tu penses de lui ?

— Je ne pense rien de lui.

— Regarde encore. »

Elle regarda à nouveau par la vitrine. Tandis qu'elle l'observait, l'homme au physique bouffi installé sur le siège avant de la voiture rutilante tourna la tête pour cracher, et là elle put voir son profil. Hannah Bird le reconnut instantanément.

« Surtout, Ralph, tu ne t'en mêles pas, l'enjoignit-elle. Tu laisses cet homme tranquille.

— Ne t'en fais pas, répondit Bird. Je me disais bien aussi que c'était lui…

— Ne va pas lui chercher des noises, d'accord ? Tu ne sais absolument pas de quoi cet homme est capable.

— Il me doit toujours de l'argent.

— Ça m'est égal. Laisse la police s'occuper de ça. »

Ralph Bird ne l'écouta pas. Sa femme lui mit la main sur le bras comme si elle voulait l'arrêter, le retenir de force, mais il repoussa sa main comme une malheureuse poussière qu'on chasse. Il ouvrit la porte et sortit.

« Ralph, cria-t-elle. Ralph. Reviens ici, Ralph. »

Dans la rue, le froid commençait à pincer. Les lampadaires au mercure s'étaient allumés aux carrefours et une petite brise balayait la chaussée. Bird regarda de chaque côté de Main Street : l'artère était quasi déserte. Il descendit du trottoir et traversa la rue vers la Cadillac rouge de Burdette. Lorsqu'il l'eut rejointe il s'immobilisa un instant pour contempler ses plaques. Apparemment, l'auto avait été immatriculée en Californie. Gagnant alors la portière du conducteur, il jeta un regard hésitant dans l'habitacle. Burdette le dévisageait par la fenêtre ouverte.

Il n'avait pas vraiment fière allure. Durant ces huit années où ni Bird ni aucun d'entre nous ne l'avions vu, il ne s'était pas arrangé. Il était gros à présent, obèse ; il était flasque et monumental ; il avait perdu ses cheveux et la graisse enrobait sa carcasse comme un manteau de saindoux. « On aurait dit, commenterait Bird par la suite, on aurait dit que pendant huit ans il ne s'était nourri que de gâteaux à la crème et de confit de porc puis que ces derniers temps il n'avait rien mangé du tout. » Ce n'en était pas moins Jack Burdette.

« Espèce d'enfoiré, dit Bird. Qu'est-ce que tu reviens faire par ici ?

— C'est toi, Bird ?

— Ouais. C'est moi.

— Je t'ai vu dans le rétro. Sauf que j'ai eu l'impression que t'allais pas me parler. Je croyais que tu voulais juste admirer la bagnole.

— Je vais te parler, dit Bird. Et je vais parler aussi à Bud Sealy. »

Burdette scruta le visage de Bird, puis il éclata de rire, une seule fois, un rire sonore, discordant. Son rire n'avait pas changé ; c'était la même explosion subite dont chacun se souvenait.

« T'as raison, l'encouragea Bird. Vas-y. Profites-en. Tu as encore quelques minutes.

— Pourquoi ça ? Parce que tu as déjà dit à Bud Sealy que j'étais là ?

— Non, mais je vais le faire.

— Alors vas-y. Je bouge pas. Et tu peux dire à Bud… (Burdette parut réfléchir. Il cracha encore une fois par la fenêtre, cette fois aux pieds de Bird.) Tu peux lui dire que je suis impatient de le voir.

— Espèce d'enfoiré, dit Bird. Espèce de salopard de… »

Brusquement Ralph Bird s'interrompit. S'écartant de la voiture, il commença à remonter la rue en direction du croisement. Il se retourna une fois pour regarder derrière lui, puis il se mit à trottiner. Au moment où il atteignit le carrefour, il courait. Enfilant la Deuxième Rue vers l'est, il courut en direction du siège du comté, à un pâté de maisons de là. Sur le trottoir sombre, il courait, pompant avec ses bras, sémillant petit bonhomme d'âge moyen en costume-cravate, passant devant les vitrines des magasins et les façades de brique, traversant Albany Street et gravissant les marches du siège du comté.

En haut des marches, la lumière du hall principal se réfléchissait sur le béton à travers les portes vitrées, mais les portes étaient fermées à clé et il resta là un moment paniqué, à secouer les portes et à tambouriner contre les vitres. Finalement, il se rappela qu'on était samedi en fin d'après-midi. Il fit volte-face et après avoir dégringolé l'escalier il se remit aussitôt à courir, longeant le grand mur de brique du siège du comté en direction de l'angle du bâtiment, angle qu'il contourna pour aller rejoindre une lumière rouge au-dessus d'une autre porte. Cette porte n'était pas verrouillée et il l'ouvrit à la volée avant de dévaler un escalier qui menait au sous-sol. Dans la première pièce donnant sur le couloir il trouva Dave Willard, le shérif adjoint du comté de Holt, les pieds sur un bureau. Willard était en train de se couper les ongles.

« Où est Bud ? » s'écria Bird. Il se tenait tout essouflé au comptoir.

Willard leva les yeux vers lui.

« Où est Bud Sealy ?

— Il n'est pas là.

— Je le vois bien. Où est-il ?

— Là, tout de suite ? Il est chez lui en train de dîner.

— Alors, bon Dieu, téléphonez-lui. Dites-lui de venir ici. »

Willard ôta ses pieds de la table et, lentement, il se redressa dans son fauteuil. Il se pencha en avant et entreprit d'épousseter le devant de sa chemise pour faire tomber ses rognures d'ongle sur le buvard vert du bureau. Il les rassembla en un petit tas bien net.

« Quelque chose vous turlupine, Ralph ? Vous m'avez l'air un peu énervé.

— Quoi ? » fit Bird.

Il se tenait toujours derrière le comptoir, haletant et en nage, la figure rouge comme une betterave et les yeux pareils à ceux d'un caniche affolé.

« Énervé ? Écoutez. Bon sang, si vous voulez pas l'appeler, au moins approchez-moi ce téléphone que je puisse le faire. C'est quoi, son numéro ?

— Non, j'imagine que je peux l'appeler moi-même, dit Willard. Dès que je saurai qu'il y a une bonne raison de l'appeler. Dès que j'aurai une foutue idée de quoi vous parlez.

— De quoi je parle ? répéta Bird, qui criait désormais. Je vais vous dire… (Il parut alors se maîtriser. Il fit un effort pour se calmer, mais il n'y arriva pas tout à fait, de sorte qu'il se mit à parler à Willard comme s'il s'adressait à un débile mental.) De quoi je parle, reprit-il, en s'exprimant trop lentement, eh bien je parle du fait que cet enfoiré est de retour en ville. Voilà de quoi je parle. Maintenant appelez-le.

— Bien sûr. Mais de quel enfoiré s'agit-il, Ralph ?

— Quoi ? Vous voulez dire que vous…

— Je veux dire que vous ne l'avez pas encore précisé.

— Mais voyons, c'est Jack Burdette. Bon Dieu, vous avez au moins entendu parler de lui, non ? Vous savez qui il est, non ?

— Oui, je sais qui est Jack Burdette.

— Et vous savez ce qu'il a fait, non ?

— Je sais ce qu'il a fait. Tout le monde dans le comté de Holt sait ce qu'il a fait.

— Alors appelez Bud Sealy. Bordel. Voilà que… (Mais il avait recommencé à crier. La retenue qu'il avait réussi un moment à s'imposer avait disparu et il s'était remis à crier : il avait la figure tout empourprée d'indignation au-dessus de son nœud de cravate desserré.) Voilà que cet enfoiré est de retour en ville et qu'il conduit une Cadillac rouge avec des plaques californiennes. Et il l'a garée devant la Holt Tavern et si vous n'arrêtez pas de me poser ces bon Dieu de questions et que vous ne levez pas votre gros…

— Ça ira comme ça, dit Willard. (Il se mit debout et se pencha vers Bird.) Maintenant vous la fermez.

— … il va… Quoi ? fit Bird. Qu'est-ce que vous venez de dire ?

— J'ai dit : "Vous la fermez." Et maintenant allez vous asseoir là-bas. Je vous préviendrai si j'ai besoin d'autre chose. En attendant, vous vous taisez. »

Ralph Bird était tellement stupéfait qu'il en fut presque calmé. Il n'avait pas l'habitude qu'on lui parle de cette façon ; il en resta sans voix. Il alla s'asseoir dans un fauteuil dans l'angle de la pièce et joignit les mains à la manière d'un enfant. Mais ses yeux étaient toujours paniqués.

Willard l'observait. À la fin, il attira le téléphone vers lui et composa le numéro. Tandis qu'il l'écoutait sonner, il poussa la corbeille avec son pied sous le rebord de la table, puis, de sa main libre, il y fit tomber le petit tas de rognures d'ongles.

« Bud ? fit Willard quand Sealy répondit.

— Oui.

— Bud. Écoute. Ralph Bird est là et il... » Willard lui répéta ce que Bird avait dit.

Chez lui, Sealy écouta le récit de Willard. Lorsque Willard eut fini de lui rapporter ce qu'il savait, Sealy lui demanda de quand dataient les faits et Willard lui répondit et Sealy lui demanda s'il avait vérifié cette histoire et Willard lui répondit non, il n'avait pas vérifié cette histoire, il avait tenu à le contacter d'abord, et Sealy déclara qu'il avait des doutes mais que quand il aurait fini de dîner il prendrait sa voiture pour venir voir par lui-même de quoi il retournait.

« En attendant, qu'est-ce que tu veux que je fasse de Bird ? demanda Willard.

— Quelque chose ne va pas ?

— Il est encore un peu énervé.

— Merde, tu te débrouilles, dit Sealy. Ramène-le auprès de sa femme si tu n'arrives pas à le contenir. Au moins elle pourra le faire dîner.

— Je pense que j'arriverai à le contenir », dit Willard.

Il faisait nuit noire à présent. Les réverbères brillaient aux intersections, dessinant de pâles cercles de lumière sur la chaussée au-dessous des arbres. C'était cette brève période de suspens entre six et sept heures un soir de novembre, quand les boutiques de Main Street ont toutes fermé pour le week-end, quand les lycéens n'ont pas encore commencé à arpenter Main Street à toute allure dans leurs autos, quand la Holt Tavern elle-même est paisible avant le coup de feu du samedi soir et que là-bas, sur la grand-route, seuls trois ou quatre hommes sont tranquillement installés, en train de boire des verres au Bar de la Légion[1].

Chez lui, après avoir parlé avec son adjoint Willard, le shérif Bud Sealy termina son repas. Puis il se leva et sortit dans la nuit devant sa maison. Les étoiles étaient apparues et, en les contemplant, il fit un rot et il se sentit mieux. Après avoir allumé une cigarette, il monta dans la voiture de shérif garée devant chez lui et roula vers le nord sur deux pâtés de

1. The American Légion : société fondée en 1919, composée de vétérans des différentes guerres. *(N.d.T.)*

maisons jusqu'à la route 34, puis toujours vers le nord jusqu'à Main Street.

Remontant Main Street, il dépassa le château d'eau, la banque, la poste et le théâtre, exactement comme l'avait fait Burdette deux ou trois heures auparavant, et bientôt, un pâté de maisons plus loin, il aperçut la Cadillac rouge arrêtée le long du trottoir devant la taverne. Il ralentit. Lorsqu'il atteignit la Cadillac, il gara sa voiture de shérif juste derrière, de façon à couper toute retraite au conducteur du véhicule. Il défit la languette de son holster et descendit de voiture.

Or Burdette, semble-t-il, n'avait pas l'intention de s'enfuir ni quoi que ce soit de ce genre. Il était toujours assis sur le siège avant. Sa masse imposante occupait tout le siège et il tenait la tête rejetée en arrière contre l'appuie-tête. Le lampadaire du carrefour projetait sa pâle lumière sur ses grosses joues et son énorme mâchoire.

Sealy examina Burdette un moment. En fin de compte, il tapota avec ses doigts sur le toit de la voiture. À l'intérieur, Burdette ouvrit les yeux et tourna négligemment la tête, levant son regard vers Sealy comme si le shérif ne présentait aucune sorte d'intérêt pour lui.

« Eh bien, dit Sealy. Tu es revenu, on dirait ?

— Exact, répondit Burdette. Je suis revenu.

— Drôle d'idée.

— C'est bien mon avis. Ça fait des heures que je suis là à essayer de me rappeler ce que je suis venu fabriquer ici.

— Ah oui ? fit Sealy. Je te croyais plus malin que ça. Je croyais que t'avais parfaitement calculé ton coup.

— La dernière fois, oui. Mais j'avais dû oublier quel trou perdu était ce patelin. Plus moyen de me rappeler ce que je suis venu chercher ici.

— Non ? Eh bien, nous, on n'a pas changé tant que ça. Pas de manière flagrante en tout cas. On prend toujours un peu la mouche quand quelqu'un nous fait du tort. Pour décider ensuite de disparaître.

— C'était il y a longtemps, dit Burdette.

— Oui, bien sûr. Mais pas assez longtemps, vois-tu. Et je suis étonné que t'en aies pas conscience. Je comprends vraiment pas ce qui a pu te passer par la tête. En tout cas il y a une chose que je sais : tu as eu tort de te repointer ici. T'aurais jamais dû. Maintenant, descends de voiture. »

Burdette ne bougea pas.

« Tu ne peux rien contre moi. Ça fait huit ans. Y a prescription.

— T'as parlé à des avocats ?

— À un ou deux, oui.

— T'as perdu ton temps. Ça veut rien dire. Ça veut dire peau de balle.

— Bien sûr que si. C'est pareil partout.

— Non, protesta Sealy. Ça veut rien dire. (Il ouvrit la portière.) Maintenant écoute-moi. J'en ai marre de causer. J'ai été assez gentil comme ça. »

Burdette refusa de bouger. Il demeura affalé sur le siège de la Cadillac, la tête reposant contre l'appuie-tête.

« D'accord, puisque c'est comme ça… dit Sealy. Je t'aurai prévenu. Tu ne pourras pas raconter le contraire. »

Sortant son arme de son étui de ceinture, il en enfonça soudain le canon dans l'oreille de Burdette.

Burdette se redressa. Il essaya de déplacer la tête, mais l'arme de Sealy suivit son mouvement.

« Bon Dieu, s'écria Burdette. Putain, mais qu'est-ce que tu fous ?

— Sors de là », ordonna Sealy.

Cette fois Burdette s'exécuta. Il sortit de la Cadillac et se déplia sur la chaussée, grand, lourd, massif, impressionnant à côté du shérif. Il était habillé d'une chemise écossaise et d'un pantalon foncé ; il portait des chaussures mais pas de chaussettes. À voir l'état de ses vêtements, on aurait cru qu'il avait dormi dedans.

« Retourne-toi, dit Sealy.

— Enfin, merde, Bud. Qu'est-ce qui te prend ? »

Sealy l'aiguillonna avec son arme.

« Tourne-toi. » Burdette grogna, mais il obtempéra lentement et se retrouva dos au shérif. Sortant une paire de menottes de sa poche arrière, Sealy la referma sur les épais poignets de Burdette. Il eut quelque difficulté à verrouiller le mécanisme.

« Enfin, bon Dieu, s'exclama Burdette. Tu veux dire par là, tu veux dire par là que tu ne vas même pas me lire mes droits ?

— De quels droits tu parles ? Tu n'as aucun droit. Plus maintenant. Maintenant tiens-toi tranquille, que je te fouille.

— Espèce d'enfoiré.

— T'as raison, dit Sealy. T'as complètement raison. »

Il se mit à promener ses mains sur le corps de Burdette, palpant ses jambes de pantalon ainsi que le gras qui recouvrait ses côtes. Il lui retourna les poches. Quand il eut constaté que Burdette ne détenait rien de plus dangereux qu'un portefeuille et quelques pièces de monnaie, il resta un moment immobile derrière lui, contemplant sa large carrure sous sa chemise froissée.

Il n'empêche, c'était toujours ce moment tellement tranquille sur Main Street, cet intermède paisible aussi bref que fugace, exempt de tout mouvement ; il n'y avait absolument personne d'autre dans la rue. Alors, sans réfléchir, à mon avis sans même savoir qu'il allait le faire, tandis qu'ils se tenaient tous les deux à côté de la rutilante Cadillac rouge dans cette éphémère quiétude d'un soir de novembre, le shérif abattit la crosse de son arme sur la nuque de Jack Burdette. Burdette poussa un hurlement et s'effondra sur le capot de la voiture. Il se mit à pester.

« Non, dit Bud Sealy, regardant le filet de sang qui coulait sur la nuque de Burdette. Décidément, je te croyais plus malin que ça. Je ne te croyais vraiment pas assez bête pour revenir ici. Mais, nom de Dieu, qu'est-ce qui t'est passé par la tête ? »

2.

Je connaissais Jack Burdette depuis toujours. Toujours, enfin, à l'exception de ces quatre années au début des années soixante où il était dans l'armée et à Holt alors que moi j'étais à la fac, puis plus tard de ces huit années suivant sa disparition où plus personne à Holt ne le connaissait, cette période où il se trouvait en Californie à vivre de son charme et de cette somme d'argent dont il devait croire qu'elle lui durerait toute la vie, jusqu'au jour où l'argent était venu à manquer et où il avait découvert qu'il ne lui restait que son charme et encore pas tant que ça. Mais oui : je le connaissais. Nous avions grandi ensemble. Pendant longtemps j'avais même eu de l'affection pour lui.

Son père, que les gens d'ici appellent encore John Senior, était un personnage assez célèbre en ville. Il travaillait à la scierie Nexey située sur Main Street à côté des voies ferrées et c'était lui aussi un grand costaud – comme Jack, ou en tout cas comme Jack allait le devenir –, avec une bedaine considérable et une grosse voix tonitruante parfaitement identique au mugissement d'un taureau et presque aussi incongrue. Il n'en était pas moins quelqu'un de sympathique. Les gens de Holt l'aimaient bien. Il portait des salopettes repassées pour travailler à la scierie, et le soir avant de rentrer dîner chez lui il picolait toujours pendant une heure ou deux dans les bars de la route 34, au Bar de la Légion ou au Wagonwheel Lounge, en compagnie de quelques concitoyens de la même génération que lui.

La mère de Jack, pour sa part, était une très petite femme, toute maigre et l'air pincé. Elle portait sur l'arête du nez des lunettes rondes à monture métallique d'une propreté impeccable et elle arborait une coiffure qui avait dû être à la mode du temps de sa jeunesse dans les années vingt, une sorte de permanente courte à la garçonne. C'était une femme très sérieuse. Elle ne buvait jamais et le ton de sa voix dépassait très rarement le niveau du murmure, et à Holt on se rendait bien compte qu'elle tolérait les excès de son mari parce qu'elle était bonne catholique. Elle jouait de l'orgue à l'église St. John et se confessait régulièrement au vieux père O'Brien qui portait un appareil auditif. Étant donné qu'elle n'avait pas grand-chose d'autre dans la vie, c'étaient à coup sûr le père O'Brien et l'Église catholique qui lui permettaient de tenir.

Durant les années dont je parle, la famille Burdette habitait là-haut, dans la partie nord de la ville, de l'autre côté des voies de chemin de fer. C'était une vieille maison en stuc jaune sur Birch Street, derrière laquelle s'étendait sur une cinquantaine de mètres une parcelle en friche envahie de chiendent et d'amarante, non loin du terrain vague où s'installaient les fêtes foraines. C'était alors le quartier le plus pauvre de la ville, avant l'apparition des nouveaux lotissements dans les années soixante-dix, mais aux yeux des gens de Holt les Burdette demeuraient malgré tout une famille ordinaire avec des revenus normaux et une position sociale acceptable. Au minimum ils étaient intéressants. Il régnait suffisamment de tension dans cette famille pour qu'elle mérite d'être observée de près.

Jack était né en 1941. Ses parents avaient déjà dans les quarante-cinq ans à cette époque-là. Ils étaient mariés depuis une bonne vingtaine d'années. Ils avaient sans doute renoncé depuis belle lurette à l'espoir d'avoir un jour des enfants et s'étaient résignés à cette espèce de trêve pleine de hargne qui chez les couples sans enfants remplace souvent les vrais liens du mariage. Puis Jack était né. Une surprise, évidemment. À la suite de quoi ses parents avaient essayé pendant quelque temps de se rabibocher. Son père, paraît-il, avait arrêté de picoler dans les bars durant toute une année et, à ce qu'on raconte, il y avait eu une période où sa mère était presque jolie, où elle semblait dégager une sorte de lumière. Mais le miracle ne dura pas. Elle ne retomba jamais enceinte. Le père de Jack ne tarda pas à retourner picoler dans les bars et sa mère recommença à aller jouer de l'orgue tous les dimanches matin à l'église catholique, parenthèse de tranquillité hebdomadaire dont elle profitait pour lorgner le père O'Brien derrière ses impeccables petites lunettes à monture métallique. C'était exactement comme si rien n'avait changé – à ceci près qu'il y avait désormais une nouvelle source de tension dans la famille et, partant, davantage de disputes.

Enfin, bon, Jack était coriace, comme gamin. Il avait une tignasse noire et il avait toujours été grand pour son âge. À six ans, ses parents l'envoyèrent à l'école. Les cheveux aplatis sur le crâne, vêtu d'une chemise et d'un pantalon neufs, il pénétra pour la première fois dans ce vieux bâtiment en brique de deux étages à la périphérie ouest de la ville, avec son large escalier aux marches usées, ses immenses fenêtres et cette odeur familière de poussière balayée, et il n'aima pas ça. À l'école il était censé rester assis sans bouger, lever la main et ne pas faire de bruit. Par conséquent, lors de la pause, il quitta la cour de récréation et il rentra chez lui. Il faisait ça à peu près une fois par semaine. Alors, quand il arrivait à la maison, Mme Burdette, cette petite bonne femme si sérieuse et si pieuse, lui attrapait les cheveux par derrière, le courbait sur la table de la cuisine et le battait avec la spatule. Puis elle le renvoyait à l'école. Sauf qu'il n'y retournait pas chaque fois ; au lieu de ça, il traînait souvent en ville, flânant dans les ruelles derrière les commerces de Main Street et cheminant le long des voies ferrées jusque dans la campagne. Aussi, en avril, fut-il décidé qu'un redoublement complet de sa onzième assorti de tout un trimestre supplémentaire avec Mme Peach lui serait bénéfique. On considérait sans doute que Jack n'avait pas encore tout à fait assimilé les règles de la vie sociale.

J'ai cependant du mal à imaginer que Mme Peach ait joué un rôle quelconque dans cette décision ou qu'elle en ait été personnellement enchantée. Toujours est-il que ce fut à cause de ses habitudes buissonnières que Jack se retrouva l'année suivante dans ma classe de onzième lorsque j'entrai à mon tour à la grande école, en 1948. Et, comme lors de l'appel son nom venait après le mien, on lui attribua le pupitre derrière moi. Il était déjà là ce premier matin. Il était arrivé en avance ; ses cheveux, peignés alors qu'ils étaient encore mouillés, formaient un casque sur sa tête et il était assis les mains jointes à son pupitre comme si tout ça l'assommait déjà et qu'il guettait simplement une occasion de s'échapper. Nous ne l'intéressions pas du tout. C'était un vétéran de la classe de onzième et il nous surpassait largement. En outre il avait au moins dix kilos et une bonne tête de plus que nous. Nous n'existions même pas pour lui en ce premier jour d'école.

Mais plus tard, le deuxième ou le troisième jour – au milieu de l'après-midi, alors qu'il faisait chaud et que le calme régnait dans la classe, que ses hautes fenêtres étaient ouvertes pour laisser entrer l'air mais qu'il n'y avait pas d'air, et alors que nous transpirions sur notre alphabet, copiant les lettres sur des feuilles de papier ligné –, Jack me donna une tape sur la tête. Je me retournai. Je ne sais pas à quoi je m'attendais. Mais sur son pupitre il y avait un cadavre de marmotte. Il avait étalé l'animal sur ses *A* et ses *B* maladroitement tracés. Il en avait extrait une goutte de sang qu'il avait déposée sur la feuille au-dessous de son nom.

« Tu le veux ? me demanda-t-il.

— Non, répondis-je. J'en veux pas.

— Ben, moi, j'en ai fini avec lui.

— J'en veux pas. »

Mme Peach apparut tout à coup au-dessus de nous. Elle se tenait pourtant légèrement en retrait. Elle ordonna à Jack d'aller immédiatement mettre le cadavre à la poubelle.

Jack se leva et se dirigea vers le devant de la classe. Arrivé dans l'angle le plus éloigné, à côté du taille-crayon collectif où se trouvait la corbeille, il se retourna pour nous faire face. Nous avions tous les yeux rivés sur lui. Soulevant l'animal par la patte arrière, il le maintint suspendu quelque temps au niveau de son visage, comme s'il s'apprêtait à exécuter un petit tour de magie ou comme si le rongeur lui-même nous réservait encore quelque surprise. Puis il le lâcha.

L'animal parut faire un plongeon dans la poubelle. Lorsqu'il heurta le fond, il produisit un « boum » des plus satisfaisants.

« Jack, dit Mme Peach. Retourne t'asseoir. »

Jack regagna lentement son pupitre. Une fois à sa place, il regarda droit devant lui en affichant un large sourire. Nous ne nous contentions plus de le regarder à présent. Nous le dévisagions – émerveillés et impressionnés, choqués mais admiratifs.

Pendant ce temps-là Mme Peach s'était mise à nous réprimander : « Les enfants. Les enfants, criait-elle. Allons, allons, au travail. » Elle se mit à frapper dans ses mains pour nous rappeler à l'ordre.

Mais durant tout le reste de l'après-midi, au moins deux fois par heure, l'un de nous cassait la mine de son crayon, histoire de pouvoir se lever et se rendre à l'avant de la classe pour reluquer dans la poubelle et y voir la bestiole. Elle gisait sur le dos, les pattes amèrement recroquevillées sur son ventre fauve. À la fin, après plusieurs manèges de ce genre, Mme Peach annonça que si encore un seul gamin cassait la mine de son crayon nous serions tous consignés après la classe. Nous prenions un très mauvais départ avec l'alphabet, dit-elle.

Ainsi, pendant huit ans, Jack passa-t-il de classe en classe, de vieilles filles sur le retour en bonshommes dégarnis, accédant chaque printemps au niveau supérieur non pas tant par les efforts qu'il déployait avec les livres, les cartes et les crayons que par le refus catégorique de nos instituteurs d'avoir plus longtemps affaire à lui. (Car l'expérience avec Mme Peach avait échoué, bien entendu. Le redoublement n'avait en rien amélioré sa conduite. Et aucun des autres instituteurs n'aurait envisagé un seul instant de l'avoir pour élève deux années de suite.) Non, il les épuisait tous. En fait, quand c'était leur tour de l'avoir dans leur classe, nos instituteurs, vers la mi-septembre, comptaient déjà les jours qui les séparaient de la fin du mois de mai. Ils avaient aux murs de grands calendriers dont ils biffaient quotidiennement les jours écoulés au moyen d'énormes croix, et l'un d'entre eux, Mlle Ermalline Johnson, préféra bel et bien démissionner pendant les vacances de Noël plutôt que de réattaquer un semestre supplémentaire. « Pas question que je revienne, dit-elle au conseil d'administration de l'école. Sinon, je ne pourrais répondre de moi. »

Puis nous entrâmes au lycée. Au lycée du comté de Holt – le bâtiment était également en brique rouge et il comptait deux étages comme l'école primaire, mais il se dressait à l'extrémité sud de Main Street et montrait plus d'ambition architecturale ; il présentait une tourelle carrée à chaque bout et son toit était en tuiles rouges, si bien qu'on aurait dit un croisement entre une prison et quelque chose comme un palais méditerranéen ; on le voyait de loin, s'élevant au-dessus des ormes chétifs et des micocouliers rabougris, trônant tout seul à l'extrémité de Main Street comme s'il bloquait le passage pour sortir de la ville, expression à la fois pratique et symbolique de ce que le comté de Holt pensait de l'enseignement supérieur ; il trôna là pendant plus de cinquante ans, jusqu'à ce qu'on le démolisse au milieu des années soixante et que ses vieilles briques rouges soient vendues pour aller décorer des patios de maisons et garnir des plates-bandes de zinnias, et qu'on le remplace par une morne bâtisse neuve de plain-pied avec quelques rares fenêtres – ce fut donc là, au lycée du comté de Holt, que la personnalité de Jack Burdette s'imposa encore davantage. Et pas simplement dans nos vies de lycéens, mais dans la vie de la ville tout entière.

Car il était gigantesque désormais. Il était plus grand et plus fort – plus grand et plus fort que quiconque au lycée. Au moment du diplôme, au printemps 1960, il mesurait plus d'un mètre quatre-vingt-dix et pesait dans les cent dix kilos. Mais il n'était pas gros à l'époque. Il était encore très musclé, large d'épaules et solidement charpenté. Si bien que, physiquement en tout cas, ce n'était pas une simple année d'avance qu'il avait sur nous. On aurait dit un homme adulte parmi des mioches, un colosse parmi des pygmées. Il avait commencé à se raser les poils du menton en classe de quatrième – à une époque où nous n'avions même pas la moindre trace de duvet –

et au lycée son torse s'était recouvert d'une épaisse toison brune dont les poils transperçaient ses T-shirts blancs comme de petites épingles noires. Il incarnait l'idéal de tout lycéen : l'exemple suprême de ce qui était possible dans l'absolu.

C'était – pour nous comme pour tout le comté de Holt – dans le domaine athlétique que sa supériorité était le plus flagrante. Il fut pendant quatre ans le moteur de tous les matches de football lycéens. Il jouait *fullback* et *linebacker* et faisait presque à lui seul la valeur de l'équipe. À part lui, nous n'étions pas très bons. En tout cas, pas moi. (Je jouais ailier. Maigrichon, lent, bigleux, j'ignorais la technique et rechignais à franchir le milieu de terrain ; je pouvais à la rigueur réussir à attraper un ballon quand je n'avais personne sur les talons et seulement si la passe atterrissait tout droit sur ma poitrine imberbe.) Jack, lui, était bon. Jack était un as. C'était un magnifique athlète. C'était le crack qui faisait tourner la machine. Quand nous étions minimes il avait remporté pour nous la coupe du championnat du Nord-Est. Puis, quand nous étions cadets, il nous avait menés jusqu'au championnat de l'État, depuis les matches de la ligue jusqu'à la finale – que nous nous étions évidemment débrouillés pour perdre. Nous étions opposés à une équipe de la Western Slope qui jouissait d'un net avantage sur nous : elle disposait de plusieurs joueurs dignes de ce nom, et non d'un seul en tout et pour tout.

Il n'empêche qu'au lycée nos professeurs avaient toujours ce moyen de pression-là. Comme nous tous, il fallait à Jack, selon les règles de l'État, être admis au moins dans les trois quarts des matières s'il voulait espérer jouer au football. Là aussi Jack y arriva à sa manière. Il feignait la concentration pendant les cours de maths, d'histoire et d'anglais – c'est-à-dire qu'il ne s'endormait pas tout à fait – et, quand on lui demandait de réciter, il se levait et débitait des plaisanteries. Il y avait des hurlements de rire chez les garçons installés au fond de la classe et des gloussements chez les filles installées sur le devant. Nos professeurs ne mirent pas longtemps à renoncer à l'interroger.

Il n'en devait pas moins se soumettre comme tout le monde aux exercices de contrôle et aux devoirs à rendre. C'est là qu'intervenait Wanda Jo Evans.

Wanda Jo Evans l'aimait. Je crois, si une telle chose est possible, qu'elle l'aimait même plus qu'il ne s'aimait lui-même. Elle l'adorait, l'idolâtrait, le vénérait, ne vivait que par lui. Tout ça à la fois et sans exagérer. Elle n'était pas la seule, d'ailleurs ; elle était simplement celle chez qui ça se voyait le plus. Elle était vraiment mignonne, toute jolie et toute crémeuse, encore un peu potelée comme le sont parfois les collégiennes, légèrement encline aux bourrelets enfantins, avec des cheveux blond vénitien et des yeux gris pâle de la couleur des nuages. Elle avait également une poitrine opulente et des bras blancs plutôt dodus. Et donc, si elle était amoureuse de Jack – et elle l'était à n'en pas douter –, nous étions quant à nous terriblement amoureux d'elle et n'aurions pas hésité à sacrifier notre proverbiale couille gauche pour changer de place avec lui. Mais Wanda Jo ne nous remarquait même pas. Elle ne nous voyait pas. Nous étions pour elle un simple décor, de simples figurants. Ou juste de la fumée peut-être. Car elle aimait Jack et seulement Jack.

Alors, bien sûr, elle lui donnait un coup de main. Elle lui préparait de petites antisèches bien précises et lui rédigeait ses dissertations trimestrielles en prenant soin d'imiter sa grande écriture enfantine. En récompense de cette adoration constante et de ces efforts scolaires quotidiens, elle bénéficiait du droit exclusif de voyager à côté de lui, de s'accrocher à son bras au milieu de la banquette avant de son vieux pick-up Ford tandis qu'il arpentait Main Street à un train d'enfer le vendredi et le samedi soir, le levier de vitesse coincé entre ses genoux d'un blanc crémeux. Nous leur enviions toutes ces choses-là à l'époque. Ces choses-là comptent quand on est au lycée. Elles paraissent alors capitales, essentielles. En tout cas à nos yeux elles l'étaient, à nous qui étions les camarades de classe de Jack.

Mais c'est sur le terrain de football qu'il s'imposa véritablement au cours de ces années-là. En public, j'entends. Car, comme je l'ai déjà dit, c'était un satané footballeur : exceptionnel, prodigieux, brutal. C'était l'avis de toute la ville. En réalité il y a des hommes à Holt aujourd'hui qui vous diront toujours, malgré ce qu'il a fait par la suite, que Jack Burdette était le meilleur *fullback* et le meilleur *linebackex* qu'ait jamais produit le comté de Holt. Et ils ont sans doute raison. Les entraîneurs de toutes les facs et de toutes les universités de la région étaient également de cet avis ; ils se mirent à prêter attention à lui alors qu'il n'était encore qu'en seconde.

Résultat, ce fut à peu près à cette époque que son père, le vieux John Senior, se mit également à lui prêter attention. Le vieil homme assistait à tous les matches et quand il se passait quelque chose sur le terrain on pouvait l'entendre qui hurlait de façon obscène depuis les tribunes. Puis il descendait dans le vestiaire et déambulait entre les bancs, empestant la bière et le whisky et nous tapant sur l'épaule pendant que nous nous débarrassions de nos protections. Nous avions droit à ses petits discours avinés. « Nom de Dieu, disait-il. Bordel, les enfants, vous êtes... » Il était intarissable. Il avait le visage tout congestionné par la fièvre du spectacle, par sa propre excitation et par les divers alcools ingurgités avant le match, et les postillons commençaient alors à voler. Nous attendions patiemment qu'il ait terminé, ou du moins qu'il dégage le passage, pour pouvoir aller nous doucher.

En tout cas, il était fier de nous tous, même si bien sûr c'était de Jack qu'il était le plus fier. Il y avait de quoi, il faut dire. À l'automne, durant ces années-là, le vieux se remplissait les poches en pariant avec les hommes des autres villes sur tous les matches de football inter-lycées.

Puis au cours de l'hiver 1959, environ un mois après notre dernier match, le vieux cassa sa pipe. Ou plus exactement on la lui cassa. Un train de marchandises en plein centre de la ville. Par la suite, la compagnie de chemins de fer devait installer des passages à niveau et des feux de signalisation, mais à l'époque il n'y en avait pas.

Ça se passa début décembre, un samedi soir. Le vieux avait picolé comme d'habitude au Bar de la Légion. Il avait raconté des histoires de sa grosse voix, prenant appui comme un poivrot sur les serveuses chaque fois qu'elles se tenaient à côté de lui au comptoir pour passer leurs commandes au barman. Attirant les jeunes filles contre lui dans ses bras costauds, il les avait embrassées sur les joues avant de leur lancer sa petite blague salace : « Tu veux pas venir dans ma voiture tester mon chauffage ? » Quand les filles avaient répondu non, il avait rejeté la tête en arrière en éclatant de rire.

Au dire des gens, il s'était donc payé sa bonne tranche de rigolade comme à l'accoutumée. Puis la Légion avait fermé. Mais dehors, en quittant le bar, les clients s'étaient aperçus qu'il neigait ; la neige tombait sous les réverbères et commençait à s'amonceler le long des caniveaux. Le vieux avait donc repris sa voiture sous la neige, exactement comme tout le monde ce soir-là, sauf qu'en remontant Main Street vers le nord il avait dû passer devant les nombreuses boutiques qui jalonnaient la grand-rue : bien qu'elles fussent obscures et silencieuses à cette heure de la nuit, leurs vitrines étaient décorées pour les fêtes avec du coton et des guirlandes argentées, et aux carrefours les tiges des réverbères étaient festonnées de girandoles lumineuses. Alors, ravi de tout ça, peut-être même un rien satisfait de sa propre place dans le grand schéma universel, il avait dû se mettre à chanter. C'était en effet un chanteur formidable quand il était saoul. Résultat, lorsqu'il était arrivé aux voies de chemin de fer au centre de la ville, il n'avait absolument pas entendu le train et il ne l'avait pas davantage vu approcher. Il s'était engagé sur les voies sans la moindre hésitation pour se faire aussitôt percuter.

Le lendemain, le dimanche matin, la plupart des hommes de la ville, mais aussi bon nombre des femmes et des enfants, vinrent jeter un coup d'œil à la voiture. Pendant la nuit la neige s'était arrêtée et le temps était très lumineux et très froid.

J'étais là moi aussi, avec mon père. À l'époque, il m'apprenait encore à prendre des photos pour le journal local, le *Holt Mercury*, dont il était propriétaire et rédacteur en chef. Quand il me réveilla ce matin-là, il me dit d'emporter mon appareil.

Il gara la voiture sur Main Street, nous en descendîmes et nous marchâmes le long des voies. Il y avait de profondes entailles dans les traverses, là où, une fois le caoutchouc arraché, les jantes de la Buick les avaient mordues. Ces entailles donnaient l'impression qu'un fou avait creusé un sillon le long des rails avec une charrue monosoc. Un des pneus éclatés gisait dans les herbes folles et il y en avait un autre devant nous : nous pouvions voir la traînée qu'il avait laissée dans la neige avant de basculer. J'en pris une photo.

Puis nous continuâmes, marchant le long des voies à côté du train. Devant nous, il y avait un attroupement autour de la Buick écrabouillée. Elle avait été dégagée du train et déposée dans le fossé en contrebas de la locomotive. Divers hommes et femmes regardaient à l'intérieur de la voiture en échangeant des commentaires.

« Tu devrais photographier ça, dit mon père. Mais installe-toi là, de manière que le train figure aussi sur la photo. »

Cadrant le plus de wagons possible, je pris des clichés de ce que je voyais dans mon viseur. Mon père prit à son tour plusieurs photos, histoire d'être certain qu'il aurait quelque chose de convenable pour la première page. Puis il me rendit mon appareil et nous nous rapprochâmes.

Lorsque nous arrivâmes à la voiture, celle-ci était plantée sur ses jantes tordues à la verticale dans les herbes du fossé. La portière du conducteur, emboutie, était enfoncée jusqu'au côté passager. Comme dans un moule en argile ou un morceau de tôle, le point d'impact s'inscrivait en profondeur dans la portière, là où la locomotive l'avait heurtée. Toutes les vitres avaient explosé et les débris s'étaient éparpillés.

Un peu à l'écart, George Foley, qui était barbier à Holt et qui habitait à côté des voies ferrées, s'employait à expliquer à deux ou trois hommes ce qui s'était passé. Mon père et moi, nous fîmes une halte pour entendre ce qu'il racontait.

Il racontait que dans la nuit il avait soudain entendu un énorme vacarme, suivi tout de suite après d'un grincement prolongé ; il s'était levé pour voir ce qui se passait. Le train n'était pas encore tout à fait arrêté, et sur les rails, devant la motrice, il y avait une voiture coincée qui continuait à être poussée par la loco pendant que des bouquets d'étincelles jaillissaient dans les airs. Il s'était donc habillé et, au pas de course, il avait remonté les voies jusqu'à la tête du train. Celui-ci s'était enfin immobilisé.

« Mais ça changeait rien à l'affaire, conclut Foley. Il était déjà trop tard. Il était déjà mort.

— Comment le savez-vous ? demanda mon père.

— Quoi ?

— Comment savez-vous qu'il était déjà mort ?

— On le serait à moins, non ?

— Je ne sais pas. Mais je préfère croire que oui.

— C'est ce que je veux dire. Si un bon Dieu de train de marchandises percute un type au milieu de la nuit alors qu'il roule à cent à l'heure, eh ben, si ça tue pas le bonhomme sur le coup, je sais pas ce qui pourra en venir à bout.

— Sans doute, acquiesça mon père. Et qu'avez-vous vu d'autre ?

— Plein de trucs, répondit George Foley. Plus qu'il n'en faut. »

Il nous raconta que les mécaniciens étaient déjà sortis de la locomotive au moment où il avait rejoint la voiture. Ils allaient et venaient, essayant d'extraire à mains nues la Buick de sous la locomotive, mais l'auto était complètement coincée, totalement encastrée dans la machine, et pendant ce temps-là l'énorme phare continuait à promener son rayon au-dessus d'eux, illuminant les rails enneigés. Alors il avait regardé à l'intérieur de la voiture.

« Et Seigneur, quelle boucherie ! Il n'y a pas d'autre mot. On aurait dit un hamburger avec des vêtements. Et encore, des vêtements qu'étaient rien que des loques sanguinolentes. »

Puis il nous raconta que la police était arrivée. Pourtant, il régnait toujours une certaine confusion quant aux mesures à prendre. Il aurait été plus rapide d'utiliser des chalumeaux, mais il y avait de l'essence qui dégoulinait de la voiture et ils craignaient de déclencher un incendie. En fin de compte quelqu'un eut l'idée de béquilles hydrauliques. Juste avant le matin, en se relayant, ils réussirent à dégager la voiture et à en extraire le cadavre, qu'ils durent sortir morceau par morceau. La police apporta ce qu'elle pouvait au funérarium de Holt afin que John Baker prépare le corps en vue de l'inhumation.

« Et j'ai tout vu, insista Foley. J'ai vu tous les détails. »

Puis il se tut. D'autres curieux marchaient vers nous le long des voies afin d'examiner la voiture : vêtus de leurs habits du dimanche, Ed Taylor et Mme Taylor étaient venus en ville assister à la messe. Foley les rejoignit et entreprit de leur raconter son histoire.

Mon père l'observa un moment.

« C'est l'ennui avec les témoins oculaires, dit-il. Ils sont persuadés d'avoir tout vu. Et chaque fois qu'ils racontent leur histoire ils se croient obligés d'en rajouter par rapport à leur récit précédent.

— Tu n'as pas cru ce qu'il a dit ? demandai-je.

— Peut-être. Mais George Foley adore s'écouter parler. C'est comme ça qu'il gagne sa vie.

— Je croyais qu'il était barbier.

— Justement.

— Ah, fis-je.

— Bon, maintenant, je vais à la gare, annonça mon père. Voir si je peux trouver les mécaniciens. Je veux entendre ce qu'ils ont à dire. Ensuite j'irai m'informer auprès de la police. Pendant ce temps-là tu n'auras qu'à prendre d'autres photos. »

Il s'éloigna en direction du dépôt ferroviaire. Je ne voyais pas ce que je pouvais photographier d'autre. Contournant la voiture, je pris plusieurs clichés depuis cet angle-là, avec la Buick au premier plan et le train qui se dressait noir et massif derrière. Il y avait encore de la neige sur le sol, toute semée d'empreintes de pas, et le contraste de la neige et du train aurait dû faire une bonne photo. Mais j'avais oublié qu'il ne fallait pas se tenir face au soleil, de sorte que plus tard, une fois les clichés développés, ils avaient tous un aspect un peu délavé. Il y avait beaucoup de choses que je continuais à ignorer.

Lorsque j'eus terminé, je décidai de regarder à l'intérieur de la voiture. Je ne l'avais pas encore fait et je me figurais que j'en avais envie. Je m'en mordis les doigts. Il y avait du sang sur le tableau de bord défoncé et des lambeaux de la veste du vieux étaient restés collés à la portière du conducteur. À un de ces lambeaux était accroché un ruban d'épiderme que hérissait encore une touffe de cheveux. Je fus pris de nausée. M'éloignant de la Buick, je longeai les rails en direction de Main Street.

J'avais l'intention d'attendre mon père dans notre voiture, à l'endroit où nous l'avions garée devant la droguerie Kinsey. Mais je n'étais pas arrivé là-bas que je tombai sur Jack Burdette.

Jack était seul. Il marchait vers moi le long des rails dans son manteau d'hiver ; il avait une mine terreuse et il ne s'était pas encore rasé. Je m'arrêtai quand nous fûmes tout près l'un de l'autre.

« Tu as vu la voiture ? demanda-t-il.

— Oui. Je suis désolé pour ton père.

— Comme tout le monde », répliqua-t-il.

Je ne savais plus quoi dire. J'envisageai de le prévenir. Mais je m'abstins.

Il poursuivit sa route et je me retournai pour le regarder marcher le long des voies. Cheminant à côté du train, il avait l'air transi, ténébreux et solitaire. Il arriva à la Buick et je vis que George Foley avait remarqué sa présence. Foley commençait déjà à parler. Il passa son bras autour de Jack alors que les autres badauds reculaient légèrement, mais je ne tenais pas à observer la scène. Je savais ce que Foley avait à lui dire. Je continuai mon chemin et, une fois dans la voiture, j'allumai le chauffage pour attendre que mon père revienne de la gare.

3.

On enterra le père de Jack le mardi suivant dans le cimetière du comté de Holt au nord-est de la ville. Les nuits précédant les obsèques eurent lieu plusieurs veillées funèbres, puis le jour des obsèques il y eut une messe des morts, le matin, à l'église St. John. Ensuite, dehors, au cimetière, il faisait un froid de loup. Le vieux père O'Brien dit rapidement ce qu'il devait dire au-dessus de l'urne fermée, puis prononça quelques mots en latin tandis qu'il dispersait les cendres. Quand ce fut terminé, ceux d'entre nous qui avaient assisté à la bénédiction au cimetière défilèrent devant Jack et sa mère, enlevant leurs gants pour leur serrer la main. Puis nous retournâmes soit chez nous, soit au lycée, soit au travail, et ils se retrouvèrent seuls.

Financièrement, leur position était délicate. Don Nexey, le patron de la scierie, avait remis à Mme Burdette un chèque correspondant à deux mois de salaire de son mari – un geste généreux de sa part, dirent les gens, car rien ne l'obligeait à faire ça –, or cette somme n'avait pas dû les mener bien loin : elle représentait sans doute à peine plus que le coût des obsèques et du cercueil du vieux. Résultat, à la mi-janvier, Mme Burdette, qui n'avait jamais travaillé en dehors de chez elle auparavant, prit un emploi au magasin Duckwall sur Main Street, où elle fut embauchée à titre de commis. Dès lors, tous les jours, si vous regardiez par-delà les grandes vitrines, vous l'aperceviez à l'intérieur du magasin, vêtue d'une mince blouse verte par-dessus ses robes toutes simples, debout à la caisse ou travaillant plus loin dans la boutique, à épousseter ou à ranger les présentoirs de cadres et de jouets bon marché. De cette façon, les Burdette continuaient à percevoir chaque mois un petit revenu régulier, et je suppose qu'en se montrant très économes ils arrivaient à joindre les deux bouts. Pourtant, je ne pense pas que l'argent était le seul problème. Au lycée, nous commençâmes à remarquer que Jack avait changé. Il était désormais maussade et renfrogné. Les choses étaient devenues difficiles pour lui.

C'était à cause de sa mère. À mon avis, Mme Burdette croyait qu'avec la mort du vieux une deuxième chance lui avait été offerte. C'était comme si elle pensait qu'une possibilité nouvelle lui avait été accordée. De sauver Jack, j'entends ; de l'empêcher de devenir ce qu'elle n'était que laborieusement arrivée à tolérer chez son père – et si elle avait pu le tolérer, c'était simplement parce que, compte tenu de sa foi personnelle et du contexte de l'époque, l'idée du divorce était quant à elle absolument intolérable. Elle essayait donc de faire valoir ses vues. Selon moi, elle caressait même l'espoir que Jack puisse encore se révéler être un de ces enfants de Dieu qui souffrent pour venir à Jésus. Je ne sais pas. Je ne pouvais dire ce qui se passait dans sa tête ni quel était son mode de raisonnement. Mais je sais que pendant un temps Jack a été passablement malheureux. Et je ne pense pas que ça avait grand-chose à voir avec le chagrin qu'avait pu lui causer la mort de son père.

Cette situation dura à peu près deux mois, jusqu'aux alentours de la fin février. Là, Jack coupa les ponts avec sa mère. Il fit une chose qui la lui aliéna à tout jamais et qui, un moment du moins, nous sidéra tous. Et en y repensant aujourd'hui, avec le recul, il semble que ce geste ait institué chez lui un type singulier de comportement – un type de comportement qui impliquait une décision subite accompagnée d'un acte impétueux. Il quitta sa mère pour aller s'installer au Letitia Hotel.

C'était une vieille bâtisse en bois de deux étages, flanquée d'une longue et spacieuse véranda sur son côté nord. Elle avait été construite en 1914 par un des premiers habitants de la ville, un Irlandais qui était arrivé petit garçon une vingtaine d'années auparavant en compagnie de ses parents. Puis la mère était morte de la grippe sous le regard du petit immigrant, de sorte que des années plus tard quand il construisit l'hôtel, encore rongé par le chagrin, il lui donna son nom en souvenir de l'amour qu'il lui vouait. Le bâtiment se dressait (et se dresse toujours, même s'il n'accueille désormais que des vieillards, des ouvriers itinérants et des poivrots) à l'intersection de la Deuxième Rue et d'Ash Street, à un pâté de maisons à l'ouest de Main Street. De l'autre côté de la rue, il y a un vieux micocoulier qui ne se porte pas très bien. D'après la société historique locale, ce fut un des premiers arbres à être plantés dans le comté de Holt, et ses membres ont fait ériger autour de lui un parapet en ciment afin de le protéger.

La chambre de Jack se trouvait au premier étage. Elle ne contenait pas grand-chose : un vieux lit en fer et une commode en bois, avec une fenêtre garnie de rideaux de tulle donnant sur la Deuxième Rue. La chambre n'avait ni lavabo ni salle de bains ; la seule salle de bains du premier étage se trouvait au bout du couloir, un réduit à peu près grand comme un cagibi. Mais ça ne revenait pas cher de loger à l'hôtel et, quand il ne dînait pas chez Wanda Jo Evans ou chez l'un d'entre nous, Jack prenait ses repas dans la petite salle à manger du rez-de-chaussée.

Pour régler ces frais-là – le prix de la chambre et les dîners de temps en temps –, il travaillait à la Coopérative agricole à côté des voies de chemin de fer. Il avait travaillé là-bas pour la première fois l'été de ses seize ans. Il était censé pelleter le blé, décharger les camions de grain et actionner les trémies géantes. Maintenant il y travaillait l'après-midi après le lycée et aussi les week-ends. Ce boulot lui convenait à merveille. Il lui donnait une autre occasion de transpirer, d'exhiber la force considérable qui était la sienne, de développer son corps au milieu des gaz d'échappement des camions et des nuages de poussière de grain. En plus il était même rétribué pour ça. Et puis il y avait ces bourrades dans le dos que lui donnaient les hommes qui travaillaient là-bas, leurs discours sardoniques et leurs plaisanteries. Car les hommes l'aimaient bien, évidemment : Jack était un phénomène local. Ils lui parlaient football. Ils se souvenaient de chaque match mieux que lui, et pas seulement des scores mais aussi des actions individuelles et des records qu'il avait établis. Ils le mettaient en boîte, ils lui tapaient dans le dos ; c'était une sorte d'adulation virile, une forme d'hommage qui lui était à la fois nécessaire et agréable.

Et voilà qu'à présent, maintenant qu'il avait quitté la maison de sa mère, il avait tout ça à nouveau, jour après jour. Sans compter que, pour la première fois, il avait une chambre vraiment à lui avec la liberté d'aller et venir depuis cette chambre comme il l'entendait, en bénéficiant de repas gratuits ou du moins pas trop chers, et en ayant encore assez d'argent en poche non seulement pour la bière, le poker et les cigares à cinq cents, mais aussi pour l'essence de son pick-up, et même par-ci, par-là un petit cadeau pour Wanda Jo Evans. Car Jack n'était pas radin : s'il avait de l'argent, il le dépensait toujours. Il pouvait par exemple l'emmener au cinéma, ou bien lui offrir un hamburger au Holt Café, avec une portion de frites qu'ils se partageaient équitablement. On les voyait alors en couple : Wanda Jo penchée vers Jack en travers de la table, sa main qui serrait le hamburger en arrêt devant son visage, pendant que Jack discourait la bouche pleine, et qu'elle ne cessait de le contempler de ses beaux yeux gris étonnés.

Mais ce que je me rappelle le mieux de cette période-là, ce sont ces soirées que nous passions dans la chambre d'hôtel à jouer au poker avec Jack. Nous misions notre menue monnaie sur une caisse en bois installée à la verticale au centre de la pièce, sous ce vieux plafond haut, sous cette unique ampoule un peu faiblarde suspendue au bout d'un fil, pendant que dans le coin là-bas, assise sur le lit, Wanda Jo Evans se tenait courbée sur tous ces livres et autres cahiers posés sur ses genoux. Elle s'efforçait de venir à bout, pour elle comme pour Jack, des devoirs d'anglais et de maths qu'il fallait rendre le lendemain matin, et elle ne s'interrompait que par intervalles, levant un instant les yeux de sous ses cheveux blond vénitien, pour lancer un bref regard à Jack quand il éclatait de rire ou qu'il disait quelque chose qui faisait référence à elle.

Ces parties de poker avaient lieu le plus souvent le dimanche soir et il s'y consommait également pas mal de bière. Jack avait maintenant dix-neuf ans et nous dix-huit. Légalement, nous avions donc l'âge non seulement d'être incorporés pour mener les guerres de ce pays, mais aussi d'acheter de la bière, bière qui, si nous en buvions assez, et Dieu sait que nous nous y appliquions, devait susciter en nous cette témérité indispensable et cette irrépressible envie de crier, essentielles, de notre point de vue, à toute partie de poker impliquant des lycéens.

Nous nous amusâmes beaucoup durant cet hiver et ce printemps-là. Au lycée, cela devint un titre de gloire et un privilège très recherché de pouvoir dire qu'on avait été admis dans le cercle, qu'on avait eu l'honneur de pénétrer un dimanche soir dans la chambre d'hôtel de Jack, qu'on y avait perdu aux cartes les un ou deux dollars qu'on possédait, et qu'on s'était sifflé tout un pack de bières. On acquérait ainsi le droit de bien la ramener le lendemain matin : le lundi, au lycée du comté de Holt, on pouvait faire le fanfaron et se plaindre d'une migraine épouvantable pendant que la vieille Mme Lindquist s'évertuait une fois de plus à nous expliquer *L'Importance d'être constant*.

Mais il y avait au moins un hic dans ces séances du dimanche soir : la bière était chaude. Il fallait l'acheter le samedi soir parce qu'aucun des bars ou magasins d'alcools n'était ouvert à Holt le dimanche. Et comme la chambre de Jack n'avait pas de glacière ni de réfrigérateur (et comme aucun d'entre nous n'était quand même assez sot pour stocker la bière chez lui dans son propre frigo où sa mère ne manquerait pas de la trouver et de poser des questions), la bière, le dimanche soir venu, avait la tiédeur du sang.

Nous tentâmes plusieurs méthodes pour résoudre ce problème. Nous essayâmes, par exemple, d'empiler les cartons de bière sur le rebord de la fenêtre. Certes la bière restait froide d'un jour sur l'autre, mais parfois un peu trop : elle gelait. C'étaient alors des esquimaux que nous nous tapions pendant nos parties de cartes. La chose nous amusa un moment. Mais la bière paraissait éventée. C'était comme d'embrasser sa propre sœur, décréta Bobby Williams.

« Merde, dit Jack. C'est plus comme d'embrasser ma vieille. Et l'expérience vaut pas le coup, même une fois. »

Alors, au milieu de la semaine suivante, après minuit, Jack Burdette, Tom Crossland, Bobby Williams et moi, nous nous entassâmes dans la cabine du vieux pick-up de Jack. Wanda Jo Evans était là, elle aussi. Jack conduisait et Wanda Jo était assise sur mes genoux – posture qui, dans mon imaginaire de lycéen, se rapprochait fort de la notion de paradis. Nous traversâmes la ville de cette façon. Puis Jack, en douceur, engagea le pick-up dans la ruelle située derrière la vieille maison de Burcham Scott. Une fois dans la ruelle, Jack éteignit les phares, coupa le moteur et laissa le pick-up s'arrêter par lui-même. Nous sortîmes de voiture et, après quelques chuchotements dans le noir, nous pénétrâmes furtivement dans la cour arrière du pépé, dépassâmes son incinérateur et son jardin en friche pour finalement rejoindre sa véranda de derrière, où, dans un coin, trônait un frigo antédiluvien de la marque Majestic dont tout le comté de Holt connaissait l'existence. L'engin faisait partie de la légende qui avait bercé notre enfance. Nous savions tous que Burcham Scott était un pêcheur, que c'était un vieux bonhomme au crâne constellé de taches de rousseur qui avait depuis longtemps renoncé à faire semblant d'avoir d'autres activités que la pêche, et nous savions que le frigo faisait partie de son attirail. Il y rangeait ses vers de terre et autres appâts vivants, de manière à leur conserver toute leur vigueur et toute leur fraîcheur jusqu'au jour où il en aurait besoin.

Or nous n'étions qu'à la mi-mars, trop tôt pour que Burcham se soit remis à pêcher, le frigo était donc vide et débranché. Nous commençâmes par l'écarter du mur. Puis nous essayâmes de le soulever. Mais nous tâtonnions dans le noir et, la véranda étant étroite, nous n'arrêtions pas de nous cogner les uns aux autres. Finalement Jack dit d'un ton sifflant :

« Reculez, bande d'hermaphrodites. Je vais m'en occuper tout seul. »

Et il le fit. Il était costaud à ce point-là, puissant à ce point-là. Se courbant devant l'appareil, il jeta ses bras autour du vieux Majestic comme s'il s'agissait d'une jeune fermière mastoc mais docile venue en ville pour danser, puis il se redressa avec. Il pivota sur ses talons et, tenant le réfrigérateur serré dans ses bras, il quitta la véranda dans un pas de valse et transporta l'engin jusque dans la ruelle, tandis que derrière lui Bobby Williams, Tom Crossland et moi suivions le mouvement tels des enfants, échangeant des coups de poing et ricanant bêtement.

Une fois au pick-up, Jack lança :

« Hé, les avortons, vous pensez pas que vous pourriez au moins m'ouvrir ce putain de hayon ? »

Donc nous retraversâmes la ville cette nuit-là, le vieux frigo blanc trônant bien droit à l'arrière du pick-up et nous quatre assis autour pendant que Wanda Jo Evans conduisait, et arrivés à l'hôtel nous ne fîmes même pas mine de donner un coup de main à Jack. Nous nous contentâmes de lui ouvrir la porte de l'hôtel tandis que, soulevant une nouvelle fois le réfrigérateur, il le descendait du pick-up et, le plaquant contre sa poitrine comme s'il ne s'agissait toujours que d'une jeune fermière ou même d'un cageot de pêches, il prenait l'escalier pour le monter dans sa chambre. Là aussi nous ne fîmes que lui ouvrir la porte et nous le regardâmes déposer l'engin à terre.

Il était légèrement essoufflé. Il y avait une fine pellicule de sueur sur son visage. Pendant qu'il reprenait haleine, Wanda Jo brancha l'appareil. Puis Jack attrapa un pack de bières. Il le plaça cérémonieusement au milieu d'une étagère du frigo, referma la porte, nous dévisagea, puis rouvrit la porte.

« Et voilà… Dites donc, ça vous en bouche un coin, pas vrai ? Hé, les mecs, qui a envie d'une bière fraîche ?

— Nom de Dieu, dis-je. Un confort pareil, on se croirait chez soi, Jack.

— Bon sang, oui, tu l'as dit.

— Et il n'y a pas de meilleur endroit que chez soi, intervint Bobby.

— Ah, ça non ! renchérit Tom Crossland. Oh, Dorothy, viens donc me baiser !

— Bordel, mais qu'est-ce que vous racontez ?

— Y a pas de meilleur endroit que chez soi… répéta-t-il. *Le Magicien d'Oz.*

— N'empêche, surveille ton bon Dieu de langage, dit Jack. On a une dame avec nous. »

Nous regardâmes tous Wanda Jo. Wanda Jo était ravissante. Elle souriait à Jack comme si ce qu'il avait dit était non seulement chevaleresque mais intelligent.

Il n'en fallut pas plus. Pris de fou rire, nous tapâmes dans le dos de Jack et nous nous partageâmes les six bouteilles de bière. Et même si la bière n'était pas encore fraîche, ce n'était pas grave. Elle était fraîche en théorie. Nous entreprîmes alors de récapituler l'histoire, inventant de nouveaux rebondissements dans la chaîne des événements et imaginant à maintes reprises la tête que ferait Burcham Scott le lendemain matin quand il mettrait le pied dans sa véranda de derrière. Il se gratterait le crâne et en resterait comme deux ronds de flan... Son ver de terre se serait égaré ! plaisanta Bobby Williams.

Aux alentours de deux heures nous n'avions plus de bière. Nous laissâmes Jack à l'hôtel avec Wanda Jo et nous rentrâmes chez nous. Les autres habitaient la campagne, mais j'habitais en ville dans Cedar Street.

Lorsque j'arrivai chez moi cette nuit-là et que je gravis l'escalier, je découvris que mon père m'attendait. Plus exactement, il était au lit mais il ne dormait pas.

« Pat, dit-il.

— Oui, m'sieur ?

— Viens ici. »

Je m'arrêtai sur le seuil de sa porte. Il était allongé à côté de ma mère. Elle était endormie mais mon père lisait. Ses lunettes étaient relevées sur son front et la lampe de chevet éclairait son visage. Son visage paraissait très blanc.

« Fiston, dit-il. Je me demandais un truc.

— Quoi donc ?

— Fiston, est-ce que tu comptes un jour faire quelque chose de toi ?

— Je l'espère.

— C'est vrai ? Ça me fait chaud au cœur. Mais, excuse-moi, je suis curieux : quand est-ce que tu envisages de t'y mettre ? »

Jack Burdette, quant à lui, n'avait plus de père pour l'attendre le soir et pour l'interroger sur ses intentions – non que le vieux John Senior eût pu faire quelque chose de ce genre s'il avait été encore en vie –, mais aujourd'hui le vieux n'était plus là, pas même pour entretenir l'illusion ; et puis, naturellement, Jack avait déjà rompu avec sa mère. Alors, pour lui, cet épisode du frigo Majestic de Burcham Scott ne représenta bientôt qu'une anecdote supplémentaire dans sa légende grandissante, ne faisant qu'ajouter à cette aura locale dont il jouissait déjà au lycée et en ville. Car de sa part, à ce moment-là, nous avions commencé à nous attendre à tout, tandis que lui, de son côté, avait déjà appris – si agir sur des élans bizarres et irréfléchis pouvait s'appeler apprendre – à ne pas décevoir les attentes des gens. Et encore moins les siennes.

Ce fut donc avec faste qu'il acheva sa terminale au lycée du comté de Holt. Il habitait au Letitia Hotel. Il travaillait tous les jours à la Coopérative agricole parmi des adultes qui l'admiraient. Il jouait au poker avec ses amis dans une chambre qu'il avait payée lui-même. Et le dimanche soir il buvait de la bière fraîche qui avait séjourné dans le réfrigérateur de quelqu'un d'autre. C'était la vie rêvée de tout lycéen.

Sauf qu'il y eut quand même un os dans ce scénario idéal : si la plupart des adultes de la ville et même le proviseur du lycée considéraient les activités de Jack d'un œil tolérant, ce n'était pas le cas d'Arnold Beckham. Arnold Beckham était le shérif. Il appartenait à la longue série des prédécesseurs élus de Bud Sealy et il n'était pas stupide. Il était conscient que cette nouba adolescente hebdomadaire risquait non seulement de mettre en péril sa réélection la prochaine fois qu'il se présenterait au poste de shérif, mais qu'en plus elle risquait, à terme, de réduire le montant de sa retraite si durement gagnée. Il ne pouvait accepter ça. Par conséquent, il prit certaines mesures pour se protéger.

Un soir, vers minuit, aux alentours de la fin avril, le shérif Beckham grimpa l'étroit escalier du Letitia Hotel et frappa à la porte de Jack. C'était un dimanche et, comme d'habitude, nous étions quatre ou cinq à jouer aux cartes dans la chambre. Quand nous entendîmes frapper, un silence subit s'installa dans la pièce. Jack fit un signe à Wanda Jo Evans, qui se leva docilement du lit où elle était en train de faire les devoirs de Jack. Sans lâcher le manuel scolaire et le cahier qu'elle tenait, elle se rendit à la porte et elle l'entrebâilla.

« Wanda Jo, dit Arnold. Demande donc à ton petit ami de venir ici. »

Wanda Jo referma la porte.

« On fait quoi ? chuchota l'un de nous. Bon Dieu, il va aller le répéter à mes parents.

— Arrête de pleurnicher, dit Jack. Je vais régler ça. »

Quittant la caisse en bois au centre de la pièce, il sortit dans le couloir. Nous apercevions Arnold par la porte entrouverte.

« Shérif, dit Jack. Que puis-je faire pour vous ? »

Arnold Beckham était un homme petit avec une couronne de cheveux noirs au-dessus des oreilles. Il examina Jack des pieds à la tête. Puis il commença à parler. On aurait dit qu'il avait préparé son discours en chemin.

« Maintenant, écoute. Je sais ce qui se passe là-dedans et je sais qui est là-dedans avec toi. Et je me fous complètement de ce que tu fabriques et des individus avec qui tu trafiques. Mais, nom de Dieu, je te certifie que si jamais quelqu'un m'appelle au milieu de la nuit pour se plaindre que son gamin n'est pas encore rentré se coucher, ou si jamais d'autres gens me disent qu'il y a des bouteilles de bière vides qui traînent dans tous les sens dans leur parterre de pétunias – alors, nom de Dieu, je te certifie que je te coincerai tellement vite que tu n'auras pas le temps de dire ouf ni même de planquer ta bière. Est-ce que tu m'as compris ?

— Sous quelle inculpation ? demanda Jack.

— Tu m'écoutes pas, dit Arnold Beckham. (Il fit alors une chose qui nous prit tous au dépourvu. Il leva la main et, empoignant la chemise de Jack sous sa gorge, il attira le gros visage carré de Jack vers le sien.) Pas besoin de chef d'accusation. Tout ce qui me viendra à l'esprit.

— Allons, lâchez-moi. On sera discrets. Vous avez pas à vous en faire.

— Non, décidément... reprit Arnold en tortillant un peu plus la chemise dans son poing. Tu m'écoutes toujours pas. Parce qu'il n'y a pas de raison que je m'en fasse. Tu vois ? C'est pas moi qui ai des raisons de m'en faire.

— D'accord. On va mettre une sourdine. Maintenant, lâchez-moi. Vous abîmez ma chemise.

— Ah oui ? Pauvre chochotte. »

Le shérif Beckham regarda Jack droit dans les yeux. Leurs visages n'étaient qu'à quelques centimètres l'un de l'autre. Il finit pourtant par le libérer.

« C'est tout ce que vous vouliez ? demanda Jack.

— Non, ce n'est pas tout ce que je voulais, répondit Arnold Beckham. J'aurais envie d'une cabane de pêcheur dans les montagnes et d'une jeune fille pour s'occuper de moi. Et à l'heure qu'il est j'aimerais bien être dans mon lit. Mais ça suffira pour commencer. Maintenant tu réfléchis à ce que je t'ai dit. (Il fit volte-face et nous l'entendîmes qui renfilait l'étroit couloir. Il s'arrêta avant d'atteindre l'escalier.) Et tu dis à cette gamine de rentrer chez elle. Je viens de voir sa mère qui quittait l'hôpital. »

Il poursuivit sa route.

Jack rentra dans la chambre et referma la porte. Il reprit sa place autour de la caisse en bois. Nous avions tous le regard braqué sur lui, cherchant à vérifier s'il avait un tant soit peu pigé l'avertissement. Mais non. Tout ce que dit Jack, ce fut :

« Wanda Jo… Tu as entendu ce qu'a dit Arnold. Ta vieille a fini son service à l'hôpital. Alors tu ferais mieux de remettre ces devoirs à demain. (Il lissa une fois encore sa chemise sur sa poitrine. Puis, ramassant ses cartes, il demanda :) Allons bon, qui a distribué cette donne merdique ? »

Décidément, Jack n'avait pas saisi le message. Il venait de connaître son premier accroc avec la loi et l'autorité. Il avait été mis en garde officiellement. Mais la mise en garde n'avait pas signifié grand-chose pour lui. Elle avait simplement signifié qu'il devait faire plus attention, se montrer un peu plus circonspect. Il ne lui vint jamais à l'esprit qu'il pourrait être contraint de modifier en profondeur son comportement. Je suppose qu'il voyait la chose comme une action difficile au football – une passe compliquée grâce à laquelle il était encore possible de marquer des points, mais qui exigerait davantage d'entraînement et de finesse. Il s'agissait de faire preuve d'ingéniosité, de maîtriser l'art de la dissimulation.

Ainsi, à la fin du mois de mai, Jack décrocha son diplôme de fin d'études. Comme nous tous, d'ailleurs : Wanda Jo Evans, Bobby Williams, Tom Crossland et l'ensemble de la classe.

Jack était presque comique avec son bonnet et sa toge. Sa toque rouge à pompon était plantée à la façon d'un moulinet d'enfant sur l'arrière de sa tête et la toge cramoisie qu'il portait aurait dû faire au moins trois tailles de plus ; elle lui engonçait les épaules et son ourlet s'arrêtait au-dessus du genou. Il avait l'air grotesque, comme déguisé, une sorte de Paul Bunyan qu'on aurait accoutré pour une fête d'école maternelle ou un bal de pygmées. N'empêche, quand on appela son nom, il se leva docilement, et non sans fierté, de son siège dans la salle. Puis, d'un pas lourd, il monta sur l'estrade dans ses bottes de cow-boy et accepta le diplôme des mains du président du conseil d'établissement comme si ce diplôme était quelque chose de réellement précieux pour lui.

Ce soir-là nous nous saoulâmes ensemble pour la dernière fois. Puis chacun suivit son propre chemin. Bobby Williams et Tom Crossland allèrent travailler pour leurs pères respectifs, comme fermiers. Wanda Jo Evans resta à Holt, où elle fut employée à la compagnie du téléphone en qualité de secrétaire. Et Jack et moi, nous partîmes pour la fac, étudier à l'université de Boulder. J'avais dans l'idée d'étudier le journalisme, histoire de commencer à faire quelque chose de moi, comme l'avait suggéré mon père. Quant à Jack, il avait dans l'idée de jouer au football. Il avait obtenu une bourse sportive, qui couvrait l'intégralité de ses frais scolaires. Les entraîneurs de l'université étaient disposés à passer par-dessus les D de son dossier si Jack était lui-même disposé à en mettre un coup. Et bien sûr il l'était.

Nous eûmes donc ce point en commun cet été-là après le diplôme : nous allions tous les deux à la fac à Boulder. C'était un lien supplémentaire entre nous. Durant l'été, chaque fois que nous nous rencontrions, nous parlions de la fac en nous expliquant mutuellement de quelle manière nous comptions nous y distinguer. Une fois là-bas, pourtant, les choses ne se passèrent pas exactement comme nous l'avions prévu : l'un de nous passa complètement inaperçu et l'autre se fit à peine remarquer. Boulder était un monde bien plus vaste que ne l'avaient imaginé deux gamins du comté de Holt.

4.

Pourtant, les choses se passèrent plutôt bien au début. Jack était un grand gamin tout en muscles et, quand il se pointa à l'entraînement de football à la mi-août, il se montra suffisamment violent pour plaire aux entraîneurs. N'empêche, il devait être évident que Jack n'était pas un attaquant de niveau universitaire. Il était grand mais pas assez rapide. Résultat, dans le courant de la deuxième ou de la troisième semaine d'entraînement, les entraîneurs le déplacèrent en première ligne. Comme ça il pouvait utiliser sa force et son agressivité sans trop avoir à réfléchir. Mais la gloire lui manquait. Au lycée, c'était lui qui réceptionnait le ballon et son nom figurait bien en vue dans les journaux locaux. Aujourd'hui il n'était que plaqueur en défense et s'il était encore très bon, c'était le cas de tout le monde à la fac ; il ne bénéficiait, par conséquent, d'aucune attention particulière.

Puis les cours commencèrent. J'étais moi aussi arrivé à Boulder à ce moment-là. Je partageais ma chambre d'étudiant avec un autre nouveau, un rouquin maigrichon de Chicago qui s'appelait Stewart

Fliegelman. Je n'avais jamais rencontré quelqu'un comme Fliegelman avant. J'avais à peine défait mes bagages qu'il m'annonça qu'il était venu dans l'Ouest en qualité de missionnaire, afin de répandre l'évangile selon Marx. Il débordait de ce drôle d'enthousiasme juvénile. Mais j'appréciais énormément sa compagnie et, à vrai dire, il continue à me manquer. Il est aujourd'hui avocat à Oak Park, empêtré dans un deuxième mariage avec deux séries de gosses à nourrir, mais à peu près tous les six mois je l'appelle et nous discutons au téléphone.

Comme compagnon de chambre, Fliegelman était pétulant, dogmatique, volubile, cultivé, studieux, brouillon, doté d'un cœur généreux et d'opinions politiques radicales. Il disait toujours que mes convictions étaient bizarres et que le charme que je pouvais posséder résultait directement de mon ignorance universelle. Chaque fois qu'il tenait des propos de ce genre, je lui disais d'aller se faire voir. Je lui disais que, venant de Chicago, il ne serait pas fichu de faire la différence entre de la bouse de vache et du gâteau au chocolat même s'il marchait dedans. Il me sautait alors dessus et nous nous bagarrions dans la chambre. À la fin de ce premier semestre nous étions devenus très amis et, durant les quatre années où je l'ai fréquenté à Boulder, j'ai appris plus de choses auprès de lui qu'auprès de n'importe qui au monde. Jamais je ne lui avouerais ça, évidemment. Il m'accuserait encore de sentimentalisme. Il dirait : « Arbuckle, pour une fois dans ta vie, essaie de ne pas confondre opinion et réalité. Tu es censé être journaliste, pour l'amour du ciel. »

Et je le suis. Ou du moins j'essaie de l'être. L'administration fiscale, en tout cas, me prend elle aussi pour un journaliste : elle accepte de me considérer comme tel sans jamais exiger de voir le produit véritable. Au demeurant, un diplôme encadré se trouve accroché au mur au-dessus de mon bureau, histoire de bien authentifier ce statut. Il s'y trouve depuis plus de vingt ans. Il est aujourd'hui recouvert de poussière et de toiles d'araignée et la peinture derrière son cadre est plus foncée que sur le reste du mur. Car, en définitive, après quatre années de fac, je suis rentré au pays. C'était l'idée de mon père ; il voulait que je l'aide à diriger le journal et qu'à terme je prenne sa succession. À l'époque ça ne m'avait pas paru une si mauvaise idée. C'est comme ça que je suis toujours ici, après plus de vingt ans, à m'efforcer une fois par semaine de sortir un canard provincial pour l'édification et le divertissement de la populace locale, sinon pour l'enrichissement et la rémunération de son rédacteur en chef et patron : le *Holt Mercury*.

Mais ça, c'était plus tard. À l'automne 1960, j'étais à la fac. Et Jack Burdette aussi. Pour quelque temps encore.

Après mon arrivée à Boulder et mon installation dans ma chambre universitaire, je le voyais encore de temps en temps. Il traînait sur le campus avec certains de ses congénères, de grands gamins musclés vêtus de maillots d'athlétisme, envahissant tout le trottoir lorsqu'ils marchaient vers vous ou occupant une table au University Memorial Center en compagnie de quelques superbes étudiantes aux jambes longues, le verbe haut et la plaisanterie facile. Mais je ne le voyais plus très souvent et nous n'avions plus grand-chose en commun.

Il habitait Baker, une des autres résidences universitaires. Baker était comme tous les bâtiments de l'université, fait de dalles, de briques et de tuiles rouges. Car Boulder était un joli campus, un des plus beaux de toute cette région des Rocheuses, où les Flatirons dressaient leurs coteaux abrupts à la naissance des montagnes juste au-dessus de la ville, et où, sur le campus même, les grands arbres et les vieux conifères vivaient en bonne entente avec tous les immeubles à toit rouge, suffisamment espacés pour qu'on ne se sente pas étouffé par l'omniprésence de la pierre ni par la surabondance des arbres. C'était un endroit formidable pour quelqu'un comme moi. Boulder, et la cohabitation avec Fliegelman, m'ont dessillé les yeux.

Cependant rien de tout cela n'était vrai pour Jack. Il n'y était pas resté assez longtemps. Non que sa vision en eût été forcément changée si son séjour s'était prolongé, mais l'occasion ne lui en fut pas offerte. À peine un mois après le début des cours il s'attira des ennuis. Les ennuis en question étaient liés à un poste de radio.

La première fois que j'entendis parler de cette histoire – ou, plus exactement, que je lus quelque chose dessus –, ce fut dans un article du *Colorado Daily*. Un petit encadré en deuxième page. L'article disait qu'un autre nouveau du nom de Curtis Harris avait déposé plainte contre Jack et que le conseil de discipline étudiant se réunirait le vendredi suivant pour juger de l'affaire. L'article était paru le mardi matin. Après l'avoir lu je me rendis à Baker pour voir si je pouvais trouver Jack. Son compagnon de chambre, un footballeur comme lui, me dit qu'il ne savait pas où il était ; sans doute en train de regarder la télé.

« Mais il n'a pas de cours ? demandai-je. C'est le milieu de la matinée.

— Quels cours ? Jack ne va pas en cours.

— Tu veux dire aujourd'hui ?

— Je veux dire tous les jours. Il n'est pas allé à un seul cours en trois semaines. Il va finir par avoir des ennuis.

— Il en a déjà », dis-je.

Le type me dévisagea un moment.

« Qu'est-ce que ça peut te faire ? Tu le connais ou quoi ?

— Je le connais. Et s'ils espéraient que Jack aille en cours, ils auraient dû donner une autre bourse à Wanda Jo Evans.

— C'est qui ?

— Tu peux pas connaître.

— Je connais pas mal de filles.

— Mais elle, non. Alors, où se trouve cette télé que Jack est peut-être en train de regarder ?

— En bas. Seulement je ne suis même pas sûr qu'il y soit. Je ne suis pas son gardien.

— Je vais aller voir si je peux lui mettre la main dessus. »

Je redescendis.

Après avoir fureté quelques minutes, je dénichai Jack dans une des salles adjacentes au salon de la résidence. La porte était fermée. Il était la seule personne dans la pièce et il était allongé sur un divan, en blue-jean et tee-shirt gris. Il regardait un jeu télévisé sur le poste en noir et blanc et ses pieds dépassaient du canapé. Lorsque je m'assis à côté de lui il me lança un coup d'œil, puis tourna à nouveau son regard vers la télé.

« Jack, attaquai-je. Comment ça va ?

— J'ai pas à me plaindre.

— Tant mieux. Mais, à ton avis, qu'est-ce qui va se passer ?

— À quel sujet ?

— Au sujet de cette radio que tu as piquée.

— Comment t'es au courant de ça ? T'as parlé à quelqu'un ?

— C'était dans le journal étudiant ce matin. Je suis passé pour voir ce que tu comptais faire.

— Mais qu'est-ce qu'il y a à faire, bon Dieu ?

— C'est que… D'après le journal, quelqu'un du nom de Curtis Harris a porté plainte contre toi. Comme quoi tu lui aurais volé sa radio.

— C'est un mensonge. Enfin merde, il s'en servait pas, alors j'ai fait que lui emprunter pour quelque temps. Et je lui ai toujours pas rendue, c'est tout.

— Et tu vas la lui rendre ?

— Pas tout de suite.

— Et pourquoi ça ?

— Parce que. Je l'ai plus. C'est la police qui l'a. Ils l'ont saisie comme pièce à conviction.

— Dans ce cas, évidemment… Mais, à ton avis, qu'est-ce qui va se passer ?

— Je te l'ai déjà dit : j'en sais rien. De toute façon, qu'est-ce que ça change ?

— D'abord, ils risquent de te virer de la fac.

— J'en ai marre de la fac.

— Qu'est-ce que tu en sais ? Je veux dire, bon sang, tu n'es même pas encore allé en cours.

— J'y suis allé assez. C'est rien que du blabla. »

Je continuai à l'examiner. Il avait des hématomes violacés sur les bras à cause des entraînements de foot, et il avait une croûte sur le nez entre les deux yeux. À le voir, on aurait tout à fait cru un gamin tombé de vélo, un gamin gigantesque qui se consolait de ses malheurs en regardant la télévision étendu sur le canapé du salon familial.

« Enfin, voyons, insistai-je. Réfléchis une minute. Il n'y a pas quelque chose qu'on puisse faire pour arranger ça ? »

Il se détourna un bref instant de la télé. Il posa les yeux sur moi.

« Si. Tu peux me prêter un peu de fric. J'ai pas pris de petit déjeuner. Ça, c'est quelque chose que tu peux arranger si tu veux. »

Et je le fis. Je lui donnai deux dollars. J'étais content de faire ça pour lui et j'en aurais volontiers fait davantage, même si je n'aurais su dire à ce moment-là ce que j'aurais pu faire de plus. Il plia les billets que je lui avais donnés et les rangea dans la poche de son jean. Je continuai à l'observer. Mais comme il ne disait plus rien je finis par m'en aller. Il était toujours allongé sur le divan à regarder un candidat gagner de l'argent dans un studio californien. Ce spectacle avait l'air de le mettre en joie.

Le vendredi, lorsque son audience arriva, le conseil de discipline se prononça contre lui. C'était une affaire claire comme le jour, et après examen des preuves on opta pour son renvoi de l'université. Il y avait déjà eu un certain nombre de vols sur le campus cet automne-là. Par conséquent, l'administration appuya le verdict du comité étudiant et décida de faire un exemple avec Jack. Mais ils pouvaient bien faire ce qu'ils voulaient, Jack s'en moquait ; il ne contesta pas les accusations portées contre lui et n'essaya même pas de se défendre. En fait, il n'avait pas assisté aux audiences. À la place, ce matin-là, il était allé voir le sergent recruteur sur le campus et s'était enrôlé ; il était désormais obligé d'effectuer deux ans de service militaire, et l'armée était ravie qu'il vienne ainsi grossir ses rangs.

Il me rendit visite avant de retourner à Holt. Il m'expliqua qu'il n'était pas tenu de rallier son camp d'entraînement avant la fin octobre, et il avait l'intention de rentrer au pays dans l'intervalle afin de travailler à la Coopérative et de voir Wanda Jo Evans. Il n'était absolument pas mécontent du tour que prenaient les événements.

« Remarque… Peut-être que c'est pour le mieux, lui dis-je.

— Pourquoi pas ? Il se peut même que j'apprenne quelque chose dans l'armée.

— Fais attention à toi en tout cas.

— Hé, attends une minute. Il te reste un peu de fric ?

— Possible.

— Parce qu'il m'en faudrait pour pouvoir rentrer à Holt. »

Jack Burdette retourna donc dans le comté de Holt où il était encore un héros et où les gens n'étaient pas au courant pour la radio de Curtis Harris, et ne s'en seraient guère formalisés s'ils l'avaient été. Puis, à la fin du mois d'octobre, il partit pour le Texas, rejoindre le camp d'entraînement de Fort Bliss[1]. Je doute qu'il ait été sensible à l'ironie de ce nom : il n'était pas du genre à attacher une grande attention à ce type de détails, et l'armée non plus, je suppose. Quoi qu'il en soit, il passa presque deux mois là-bas. Je le revis juste après la fin de ses classes. Avant d'être réaffecté il était revenu en permission tandis que moi j'étais rentré à Holt pour les vacances d'hiver. C'était la période de Noël. Physiquement, Jack semblait désormais plus maigre et plus dur, mais c'était peut-être parce qu'il avait eu le crâne rasé ; avec ses cheveux taillés ras, son cou paraissait plus long et ses oreilles décollées. Il n'en demeure pas moins que pendant tout son séjour à Holt il mit un point d'honneur à se promener en ville en uniforme et calot militaires. Il logeait au Letitia Hotel, dormant pour ainsi dire la journée entière dans sa chambre et passant ses nuits à la taverne avec Wanda Jo Evans : ils picolaient ensemble jusqu'à plus d'heure et Jack lui racontait des anecdotes sur tout ce qu'il avait vu et fait lors de son instruction militaire au Texas. Je ne sais pas comment elle arrivait à rester éveillée pendant ces interminables discours car elle devait quand même se lever tôt

1. Bliss signifie « félicité ». *(N.d.T.)*

chaque matin pour aller travailler comme secrétaire à la compagnie du téléphone. Mais elle y arrivait ; elle restait éveillée ; et s'il y avait une chose qui sautait aux yeux, c'est qu'elle était encore plus amoureuse de lui qu'avant. Puis Jack s'en alla à nouveau : il partit pour Fort Ord en Californie, où il fut soumis à deux mois d'entraînement supplémentaires – cette fois-ci comme mitrailleur adjoint –, avant d'être envoyé outre-mer en Allemagne. Si bien qu'aucun de nous ne le revit avant sa démobilisation en 1962. Il avait mille histoires à raconter sur cette expérience. Il s'était bien plu dans l'armée.

Pendant ce temps-là j'étais toujours à la fac. À la fin de ma seconde année, m'étant débrouillé pour être reçu dans la plupart des matières obligatoires, je commençai à me concentrer sur le journalisme. Le plus souvent purement théorique, cet enseignement s'avéra de peu d'utilité pratique lorsque je fus rentré à Holt deux ans plus tard pour travailler au *Mercury :* là, les lecteurs s'intéressaient moins aux problèmes éthiques posés par le Premier Amendement qu'à savoir qui était allé voir qui pendant le week-end. Mais ça, je ne le savais pas encore. J'assistais donc régulièrement aux cours tout en prenant des notes, et quand je fus en troisième année je me mis à couvrir certains événements du campus pour le compte du *Colorado Daily*. Cette mission me monta un moment à la tête. C'était une période excitante où le militantisme commençait juste à percer sur le campus et, au journal, nous avions l'illusion de participer à l'effervescence générale et d'exprimer la voix du peuple, même si le peuple l'ignorait encore et ne tenait pas vraiment à ce que nous le fassions. Je me souviens, par exemple, que c'était à peu près à cette époque que Barry Goldwater était venu parler sur le campus et, dans le journal, nous avions affirmé que Goldwater était un fasciste, ni plus ni moins qu'un assassin. Cette déclaration avait suscité un tollé considérable dans tout l'État et, en définitive, le recteur de l'université avait été contraint de destituer le rédacteur en chef qui en était responsable. Il y avait eu des manifestations sur le campus. La justice avait été bafouée et nous étions tous en émoi. Mais le rédacteur en chef ne fut jamais réintégré et notre combat se révéla une cause perdue.

Cependant, à cette époque, il y avait autre chose qui avait commencé à provoquer mon émoi. J'avais fait la connaissance de Nora Kramer et, pendant au moins une année, elle aussi ne fut pas loin de m'apparaître comme une cause perdue.

Aujourd'hui je n'ai pas une folle envie de parler de Nora Kramer. Et il est certain qu'elle n'a pas la moindre envie que je parle d'elle. Car Nora était – et est – une personne très discrète et cette intrusion dans sa vie privée ne manquera pas de lui répugner. Mais je n'y peux rien : que ça lui plaise ou non, elle fait partie de cette histoire. Nous sommes restés dix-huit ans en couple, après tout, et nous avons eu une fille ensemble. Et c'est seulement beaucoup plus tard, une fois que Nora eut quitté Holt et se fut installée à Denver, que, par solitude et par admiration mais aussi par amour, je finis par me tourner vers Jessie Burdette, qui était aussi différente de Nora Kramer que le feu est différent de la glace.

En tout cas, bon Dieu, Nora était vraiment une jeune femme magnifique quand j'avais fait sa connaissance à Boulder. À l'époque, elle avait des cheveux bruns extraordinaires. Aussi noirs et brillants que du charbon, ils étaient merveilleusement épais et propres. Quant à sa peau, elle était d'une blancheur telle qu'on aurait dit de la porcelaine, ou de l'ivoire, et si transparente qu'on avait l'impression qu'il aurait suffi d'être autorisé à la regarder assez longtemps pour réussir à apercevoir le lent mouvement du sang sur ses tempes et sur ses poignets. Elle était toute petite, très vive, très intelligente et toujours impeccable et elle semblait aussi indépendante qu'un oiseau.

Elle vivait avec son père, à l'époque. Le Dr Kramer était un professeur bien connu sur le campus. En classe, il portait tous les jours nœud papillon et costume sombre, et animait des cours de maîtrise dans le département d'anglais. Sa spécialité était les puritains. Il avait une passion pour John Bunyan et pensait que

Le Voyage du pèlerin était de la littérature. Il avait fait son premier cycle universitaire à Yale et je suis convaincu qu'il trouvait les étudiants du Colorado bien au-dessous de ses compétences. Il n'empêche que ça faisait plus de trente ans qu'il s'était résigné malgré tout à enseigner dans le Colorado. Dans le salon, il n'était pas d'un commerce très amusant lorsque je venais chercher Nora pour sortir.

Je n'ai jamais connu sa mère. Mme Kramer était morte plusieurs années auparavant. Mais j'ai vu des photos d'elle. D'après ses photos, c'était une femme petite aux cheveux noirs comme ceux de sa fille, une raie sévère sur le côté, et qui avait apparemment une petite bouche mince que, du moins quand on la photographiait, elle tenait toute pincée. Mais je sais très peu de chose sur elle ; Nora avait du mal à parler de sa mère. En effet, Mme Kramer était morte de façon horrible quand Nora avait onze ans. Et Nora avait assisté à la scène.

Elle me l'avait raconté une fois, juste une fois, d'une voix monocorde comme si elle rapportait un événement qui était advenu non pas à elle mais à quelqu'un d'autre, comme si ce qui s'était passé quand elle avait onze ans ne la concernait plus.

En l'occurrence, sa mère et elle étaient allées à Denver un samedi matin faire des courses chez May D & F, un grand magasin de la ville ; c'était juste avant Noël, une journée splendide, si bien que les trottoirs grouillaient de gens transportant des paquets et s'interpellant joyeusement, et déposant des pièces dans les seaux rouges de l'Armée du Salut. Puis, tandis que sa mère et Nora se tenaient au carrefour à attendre que le feu passe au rouge, Mme Kramer avait été bousculée par la foule et s'était retrouvée sur la chaussée au moment où arrivait un des gros autobus de la ville. Elle avait réussi à éviter d'être percutée de plein fouet, mais alors que le bus continuait sa route, son manteau d'hiver s'était pris dans quelque chose et tout à coup elle s'était retrouvée tirée de force ; puis elle avait perdu l'équilibre et avait été entraînée sous l'autobus, allongée sur le dos. Nora s'était mise à courir après elle. Mais le chauffeur du bus n'avait pas vu la petite fille, pas plus, semble-t-il, qu'il n'avait vu sa mère. Au bout du pâté de maisons, Nora avait remarqué que le manteau de sa mère avait lâché, si bien que sa mère avait cessé d'être traînée sur la chaussée allongée sur le dos. Mais si sa mère n'avançait plus, ce n'était pas le cas du bus. Nora avait vu ses roues noires passer sur la poitrine et la tête de sa mère. Elle avait alors arrêté de courir. Elle s'était mise à hurler. Elle avait hurlé et hurlé, me raconta-t-elle, jusqu'à ce que finalement quelqu'un vienne poser son manteau sur cette chose dans la rue, cette chose qui avait été sa mère, et elle se souvenait qu'elle avait continué à hurler jusqu'à ce que l'ambulance arrive enfin et que l'un des infirmiers lui administre une piqûre. Plus tard à l'hôpital on lui avait demandé de procéder à l'identification du corps et elle était parvenue à le faire. Mais quand on lui avait demandé qui il fallait prévenir, elle n'avait pas réussi à se rappeler le numéro de téléphone de son père et elle s'était remise à hurler.

Elle m'avait raconté cette histoire une nuit dans notre chambre, au début de notre mariage. Après, je l'avais serrée dans mes bras dans le lit et je lui avais passé la main sur le visage, croyant trouver des larmes sur ses joues. Mais il n'y avait pas de larmes. Au bout d'un moment elle s'était endormie. Et le lendemain matin elle n'avait plus voulu évoquer le sujet.

Ainsi, à ma connaissance, ce lointain samedi matin à Denver fut-il la dernière fois où Nora Kramer hurla jamais pour quoi que ce soit. Elle ne devait plus jamais se laisser aller à montrer une émotion intense. Pas même quand Toni, notre fille, eut seize ans et qu'il y avait pourtant tout lieu de montrer de l'émotion.

Mais non : je ne souhaite pas lui causer davantage de souffrance. Elle a eu son compte. Je ne tiens pas du tout à remuer des choses douloureuses pour elle. Je suis sincèrement content qu'elle ait l'air à nouveau heureuse. Mais je n'en suis pas moins attaché à ce que ce récit soit le plus exact possible. J'ai mes raisons à moi.

Il suffit peut-être de dire qu'après deux ans passés à sortir avec Nora Kramer à Boulder, deux ans passés à me mettre en quatre pour elle, au point que c'était à peine si je savais encore qui j'étais, et après de multiples rencontres avec son père dans ce salon où il était toujours assis dans un fauteuil à côté d'une lampe, à lire Bunyan et parfois aussi un peu de Milton, un peu de *Paradis perdu*, histoire de varier les plaisirs et de se rincer la bouche – ces soirs où j'essayais de faire la conversation avec lui pendant qu'il lisait et que j'attendais de voir sa fille aux cheveux noirs descendre enfin l'escalier pour que nous puissions quitter cette maison et sortir dans la rue où j'arriverais peut-être à trouver comment faire pour respirer à nouveau –, après tout cela, Nora et moi nous mariâmes dans le courant de l'été 1964 et nous installâmes à Holt où je me mis à travailler pour mon père au journal local. Mais Nora ne se plaisait pas beaucoup à Holt, et ce dès le début. Holt n'avait en effet rien à voir avec Denver ou Boulder. Je me souviens de ce qu'avait dit Stewart Fliegelman sur nos perspectives d'avenir.

« Qu'est-ce qui ne va pas ? m'avait-il demandé. Tu crois toujours qu'elle est une espèce de violon et qu'il faut simplement que tu apprennes à en jouer ?

— Qu'est-ce que t'as dit ?

— J'ai dit : “Elle n'est pas un violon”, pour l'amour du ciel. Est-ce que tu m'écoutes ou non ?

— J'essaie, lui avais-je répondu. Mais il y a tellement de bruit ici que je n'entends rien. Et puis ce que tu racontes ne rime jamais à rien de toute façon. »

Se penchant en travers de la table de pique-nique, Fliegelman s'était mis alors à me brailler à la figure.

Nous nous trouvions au Sink, un des bars étudiants situés sur la colline près du campus. On y était assis sur des bancs en bois à des tables de pique-nique dont le dessus était entièrement sillonné de balafres, et les murs à l'entour ainsi que le plafond bas étaient couverts de peinture noire. Sur le noir des murs, inscrits à la bombe dans des couleurs dégoulinantes, figuraient des proverbes et autres slogans beatniks et vers le fond il y avait une salle avec un sol en terre battue. Le Sink était toujours bondé, particulièrement les vendredis soir, quand tout le monde essayait de décrocher un rancard pour le week-end : c'était alors un endroit très animé. Dans ce bar grouillant de monde, envahi de fumée, retentissant de bruit, répugnant de saleté et pourtant merveilleux, des étudiants qui avaient abusé de la bière en pichet à soixante-quinze *cents* criaient aux oreilles de gens à un mètre d'eux pardessus les beuglements du juke-box. C'était là qu'il fallait aller le vendredi soir si vous étiez étudiant à Boulder. Là et chez Tulagi. Chez Tulagi il y avait une grande piste de danse et de la musique live tandis qu'au Sink il y avait de l'ambiance mais aussi des Sink-Burgers accompagnés d'une sauce spéciale qui vous coulait sur le menton.

Ce soir-là je venais d'entrer dans le bar. Je m'étais installé sur mon banc de pique-nique après un rendezvous avec Nora Kramer, la mine évidemment piteuse et accablée, rêvant de réconfort et de compréhension, ou du moins d'un Sink-Burger, et voilà que Fliegelman me braillait à la figure des histoires de violon.

« Parce qu'il n'y a pas de musique à espérer, criait-il. Tu m'entends ?

— Je t'entends. Mais, bon sang, de quoi tu parles ?

— C'est une métaphore filée, nom de Dieu. Tu ne sais donc pas ce que c'est ?

— Quoi ?

— C'est ce que toi et Nora Kramer vous n'êtes pas. Voilà ce que c'est.

— Bon Dieu de merde ! lui braillai-je à mon tour. Tu es saoul, Fliegelman. Tu es de Chicago, tu es saoul et tu déconnes à pleins tubes.

— Tu parles ! s'écria-t-il en se levant de son banc comme si j'avais dit quelque chose qui l'avait offensé. Je déconne pas du tout. Mais j'ai fait tout ce que je pouvais pour toi, Arbuckle. Je vais aller soulager ma vessie. C'est mon droit en tant que citoyen. »

Il quitta alors la table de pique-nique et, titubant sur le sol en terre battue en direction des toilettes, il se faufila à travers la masse compacte des corps d'étudiants, tel un gnome rouquin dans une bacchanale.

Il faut dire qu'à l'époque notre génération la ramenait à tout va avec les droits du citoyen et la libération des mœurs, sans oublier la musique (quoique plus axée sur les guitares électriques que sur les violons), et même si je ne l'avais pas pris alors réellement au sérieux, en définitive, Stewart Fliegelman avait vu juste pour Nora Kramer et moi. Il n'y avait pas de musique dans notre histoire. Ni grand-chose qui ressemblât à une libération. Quant à ce cher Fliegelman, sa première tentative de mariage n'avait pas non plus été exactement « L'Hymne à la joie » de Beethoven.

5.

Jack était rentré de l'armée depuis presque deux ans lorsque Nora et moi emménageâmes à Holt. Après les examens de juin nous nous mariâmes à l'église épiscopale de Boulder. Stewart Fliegelman m'accompagnait et Nora avait une de ses amies avec elle. Puis, quand il fut temps pour le Dr Kramer d'escorter sa fille le long de l'allée centrale jusqu'à l'autel, il le fit sans la regarder une seule fois – on aurait dit qu'il était passé par l'église en se rendant au travail, ou que ses pensées étaient encore accaparées par Milton et Bunyan –, alors que Nora était absolument ravissante, avec son voile blanc et sa robe blanche et ses cheveux noirs dégagés de son visage comme ceux d'une jeune fille. Pourtant, après, peut-être pour la consoler (car le vieux pensait certainement que m'épouser méritait une consolation), il insista pour que nous passions une semaine de lune de miel à New York à ses frais.

Nous prîmes donc l'avion pour New York. Nous allâmes voir une pièce à Broadway, visitâmes les lieux touristiques, dînâmes dans des restaurants sous l'œil attentif de serveurs masculins en veste blanche, et nous tînmes les mains sous la table – enfin, tout ce qu'on est censé faire –, et ce fut à New York que commencèrent entre nous ces échanges glaciaux au lit qui caractérisèrent non seulement cette première semaine de notre mariage mais les dix-huit années suivantes. Puis, au milieu de cette semaine-là, Nora tomba malade, un rhume de cerveau ou la grippe, et nous abrégeâmes notre séjour à New York pour rentrer à Holt. Dans l'avion, je me souviens, la dépressurisation lui fit très mal aux oreilles, et sa figure était pâle comme de la craie lorsque nous descendîmes la passerelle. Nous couchâmes cette nuit-là à Boulder chez son père et le lendemain, quand Nora se sentit mieux, nous prîmes la route vers l'est pour effectuer les trois heures de trajet qui nous séparaient de Holt. Le jour suivant, j'allai travailler au journal et Nora commença à planter des rosiers derrière chez nous dans la bande de terre qui entourait le garage. Ce ne fut pas un bien agréable départ dans la vie, ni pour elle ni pour moi.

Jack Burdette, de son côté, semblait se porter à merveille. Il était rentré de l'armée et de toute évidence il avait gardé un excellent souvenir de ses deux années de service militaire. En bon soldat, il avait perfectionné ses talents de buveur de bière et de joueur de poker, et, dans les villes proches des bases où il avait été affecté, il avait tâté de la vie nocturne. De plus, il avait découvert que l'argent, à condition d'en avoir suffisamment, était susceptible d'acheter une foule de choses dont il ignorait qu'elles pouvaient être achetées, comme par exemple les services temporaires d'autres êtres humains. Il nous raconta qu'il avait désormais un certain respect pour les pouvoirs curatifs de la pénicilline. Nous eûmes droit à tous les détails sur ce point lors de son retour au pays. Il y avait en particulier une histoire qu'il aimait à raconter. Il y était question de trois jeunes Allemandes, de deux bouteilles de champagne et d'un lit d'hôtel, le genre d'arithmétique que Jack prétendait comprendre. « Ces *Fraülein* allemandes ne vous refusent jamais rien, disait-il. Tu devrais essayer, je t'assure. »

L'armée avait comme qui dirait parachevé l'éducation de Jack, sorte de stage pratique où il avait appris les choses essentielles de la vie. On lui avait même décerné un diplôme sous la forme d'une libération honorable : celle-ci prouvait qu'il avait réussi, qu'il avait assimilé les leçons fondamentales de l'armée.

Fin 1962, donc, après avoir dépensé sa dernière paye lors d'une ultime et très longue bamboula, il était rentré à Holt. Il était plus lourd et plus fort ; il commençait à s'épaissir et à prendre de l'embonpoint, à acquérir une bedaine à laquelle la bière qu'il ingurgitait chaque jour n'était pas étrangère, et s'il avait à coup sûr plus d'expérience que quand il était parti, il n'en avait pas forcément plus de sagesse. Mais ça n'avait pas grande importance ; Wanda Jo Evans était toujours là, ainsi que son boulot à la Coopérative agricole. Il n'avait pas mis longtemps à récupérer l'une et l'autre.

Dans l'intervalle Wanda Jo Evans avait passablement changé elle aussi. Elle était au comble de son épanouissement. Ses charmes avaient atteint une sorte d'apogée. Je ne veux pas dire qu'elle était devenue le moins du monde sophistiquée ; ce n'était pas ça du tout ; c'était simplement qu'elle était encore plus belle qu'avant, et toujours chaleureuse et entièrement dévouée à Jack. À vingt et un ans, elle était entrée dans cette période si éphémère de perfection physique. Ses rondeurs d'enfance avaient disparu, ses cheveux blond vénitien lui descendaient, longs et magnifiques, sur les épaules et, désormais, chaque matin, quand elle partait travailler à pied à la compagnie du téléphone, elle portait des bas nylon, des talons hauts et une jolie jupe avec un joli chemisier. Par conséquent, c'est à peu près à cette époque que certains hommes de la ville commencèrent à s'installer systématiquement avec leur tasse à l'avant du Holt Café, de manière à pouvoir la zieuter à travers la vitre quand elle traversait Main Street. Ils espéraient qu'une bourrasque soudaine viendrait soulever sa jupe et dévoiler un peu plus ses jambes, ou qu'une brise subite viendrait plaquer sa jupe contre ses cuisses. À défaut d'une chance pareille, ils étaient tout de même là chaque matin, pour la regarder monter sur le trottoir lorsqu'elle rejoignait l'autre côté de la rue. Car, ah ça oui, elle valait le coup d'œil. Mais c'était toujours une très gentille fille, toujours aussi innocente et candide, qui ne s'intéressait qu'à une chose : Jack Burdette.

Lorsqu'elle avait commencé à gagner sa vie comme secrétaire après son diplôme de fin d'études, elle avait quitté la maison de sa mère et loué en propre un minuscule pavillon de deux pièces. Celui-ci se trouvait sur Chicago Street dans le quartier est de la ville, où on rencontre surtout des petites maisons en bois d'un seul niveau, peintes en blanc, en jaune et parfois en rose, avec de petites cabanes à outils grises donnant sur les ruelles de derrière et des terrains vagues entre les maisons, jonchés par-ci par-là d'une vieille brouette ou d'une vieille bagnole, genre DeSoto ou Nash Rambler, rouillant sur des parpaings au milieu des herbes à cochon et des amarantes sous les ormes rabougris. Sérieuse, efficace, Wanda Jo travaillait tous les jours à la compagnie du téléphone, et elle entretenait avec soin sa petite maison : elle tondait la pelouse les soirs d'été, dégageait la neige des allées en hiver, et pendant les deux ans que dura l'absence de Jack elle lui écrivit des lettres, le suivant d'El Paso à San Francisco et ensuite en Allemagne, le tout par courrier, par missives – des missives auxquelles Jack, de son côté, répondait rarement hormis peut-être pour l'informer qu'il était désormais en Californie ou qu'il était arrivé en Allemagne, ou simplement (hypothèse plus probable, connaissant le personnage) pour lui dire qu'ayant perdu son sauf-conduit du week-end en raison de quelque dérisoire infraction au règlement militaire il n'avait rien de mieux à faire de son temps que de lui gribouiller un petit mot sur du papier de l'armée en attendant que les autres reviennent et qu'ils puissent reprendre leurs parties de cartes.

Mais finalement, durant l'hiver, Jack rentra à Holt et la vie retrouva son cours normal. Peut-être, pour Wanda Jo, fit-elle même mieux que retrouver son cours normal, car pendant les huit années qui suivirent et où elle continua à sortir avec lui, Wanda Jo demeura persuadée que Jack finirait par l'épouser.

C'est que c'était un amour d'une nature servile. Cette servilité amoureuse prenait bien des formes et parmi elles, au moins, figuraient des chaussettes propres.

À mon avis, dans l'esprit de Wanda Jo, ce devait être un système de troc, une sorte de transaction romantique. C'était comme si elle croyait que laver les chaussettes de Jack et repasser ses chemises représentait la suite évidente et logique de la période où elle lui rédigeait ses antisèches au lycée, et que faire sa lessive chaque semaine constituait une juste compensation pour avoir le privilège de sortir avec lui le samedi soir. En effet, huit années durant, le samedi soir, Jack gara sa voiture devant la maison de Chicago Street ; puis il en descendait et rejoignait la porte d'entrée d'un pas nonchalant, portant sous le bras un sac en papier kraft – un sac qui ne contenait jamais ni roses ni œillets ni même une poignée de pâquerettes, mais qui débordait chaque fois d'une semaine supplémentaire de son linge sale accumulé, mêlant chaussettes douteuses et chemises crasseuses. Wanda Jo lui ouvrait alors la porte et lui prenait le sac des mains. C'était comme si elle considérait qu'il lui apportait là un cadeau, un présent, une offrande romantique, comme si elle estimait qu'il lui offrait là quelque chose d'authentiquement précieux. Et bien sûr, en retour, elle avait toujours quelque chose à lui offrir elle aussi ; elle lui tendait cet autre sac en papier, celui qui renfermait son linge propre – ses chaussettes rances, ses chemises souillées et ses jeans salis à présent transformés, lavés et séchés au tambour et sentant encore bon le savon, comme si dans la semaine qui s'était écoulée elle s'était débrouillée pour accomplir quelque miracle ou quelque tour de magie. Et, à la vérité, c'était bien le cas : elle avait réussi une sorte d'alchimie à la fois ménagère et amoureuse.

Alors Jack disait : « Merci, Wanda Jo. » Il pouvait même faire preuve d'extravagance ; il pouvait dire : « Merci beaucoup, petite. »

Puis ils quittaient la petite maison de Wanda Jo sur Chicago Street. Ils rejoignaient ensemble la voiture de Jack, le bras costaud de Jack enlaçant l'épaule lisse et soyeuse de Wanda Jo sous ses cheveux blond vénitien, et une fois à la voiture Jack balançait le sac de linge propre sur la banquette arrière. Ils partaient alors faire la fête toute la nuit, ils allaient boire à la taverne sur Main Street ou bien allaient boire et danser à la Légion sur la route 34. Ce scénario se répétait chaque semaine ; il se déroulait tous les samedis soir. Ensuite, quand les bars avaient fermé et que Jack avait raconté sa dernière blague au dernier lascar encore présent dans le bar et encore suffisamment sobre pour rire aux moments appropriés, le couple regagnait le plus souvent la maison de Wanda Jo. Pendant une heure ou deux s'effectuait alors un autre type d'échange dans la chambre à coucher de derrière où, à ce que nous comprenions, Jack enseignait à Wanda Jo les trucs que lui-même avait appris contre de l'argent pendant son séjour dans l'armée. Et nous ne doutions pas que Wanda Jo se montrait obligeante pour ça aussi. Parce qu'elle l'aimait. Parce qu'elle le considérait encore comme un grand gaillard aux cheveux noirs doué d'un formidable sens de l'humour. Elle avait accepté de l'attendre au fil de toutes ces années – attendre qu'il se décide à l'épouser – car elle continuait à croire qu'il finirait par le faire. Elle n'avait aucun autre projet personnel en tête. Jack Burdette était absolument tout ce qu'elle espérait dans la vie. Elle me l'avait dit un jour.

C'était lors d'un de ces samedis soir. En mars ou en avril, vers la fin de l'hiver, alors que Jack était revenu à Holt depuis six ou sept ans.

J'avais travaillé tard au *Mercury* plutôt que de rentrer chez moi retrouver Nora et une maison silencieuse. Nora serait en train de lire comme d'habitude, enveloppée dans un plaid dans la pièce de devant, et Toni, notre petite fille, qui avait deux ou trois ans à l'époque, serait déjà endormie à l'étage dans son lit sous un édredon blanc. J'étais donc retourné au bureau après le dîner pour essayer de travailler à un éditorial que j'écrivais pour le numéro de la semaine suivante, puis j'avais remonté le pâté de maisons jusqu'à la Holt Tavern au coin de la Troisième et de Main Street. J'avais envie de vacarme et de rires ; j'avais envie de boire une bière entre amis avant de retourner chez moi. À la taverne, j'étais resté quelque temps au comptoir à discuter avec Bob Sullivan.

Bob Sullivan était un fermier en préretraite qui s'était installé en ville depuis peu, et que sa petite-fille Amy avait considérablement déçu. Six mois plus tôt, elle avait épousé un garçon du coin nommé Jerry Weaver.

« Mais ce petit Weaver n'était pas un garçon pour elle, me confiait Sullivan. Je l'avais prévenue. Elle avait quitté le lycée depuis à peine un an et voilà que ce gamin la convainc de se marier à l'église avant même qu'elle ait eu le temps de vérifier si le monde pouvait pas avoir autre chose à lui offrir.

— Quel âge a-t-elle ? demandai-je.

— Dix-neuf ans.

— C'est plutôt jeune pour se marier.

— Je suis bien de cet avis. Mais est-ce que tu crois qu'on peut dire ça à ces gosses-là ?

— Non, je ne crois pas.

— Eh ben non, on peut pas. »

Sullivan commanda un autre Jack Daniel's avec de la glace. Dès que le verre se retrouva devant lui sur le comptoir il en avala aussitôt la moitié.

« Donc, reprit-il, quand je me suis rendu compte qu'elle était décidée à aller jusqu'au bout, je me suis dit : et puis merde, puisque c'est comme ça, je vais lui faciliter les choses. Je vais lui acheter une belle caravane double largeur comme cadeau de mariage. Et je l'ai fait. Et elle était flambant neuve, en plus, quand je lui ai offerte.

— C'était gentil de votre part.

— Parce que tu t'imagines pas que ce gamin a de l'argent, quand même ?

— Sa famille possède deux ou trois parcelles de terre à blé. Ils doivent bien avoir un peu d'argent.

— Mais est-ce qu'ils le dépensent ?

— Je n'en ai aucune idée.

— Eh ben non. Et maintenant je me dis que j'aurais dû faire pareil. Et je vais te raconter pourquoi.

— Je vous écoute.

— Parce que, dit Bob Sullivan, la dernière fois que je suis allé chez Amy c'était y a un mois dimanche après-midi. Je m'assois à la table de la cuisine comme je fais d'habitude et Amy m'apporte une tasse de café. Et quand j'allume une cigarette pour la fumer avec le café, voilà qu'elle me regarde depuis l'autre côté de la table et qu'elle dit : "Grand-père, qu'elle dit, je te serais reconnaissante si tu voulais bien ne plus fumer quand tu es chez moi. – Quoi ? je fais. – Grand-père, elle me dit, c'est seulement que j'apprécierais que tu ne fumes plus quand tu es chez moi. – Ah oui, vraiment ? Ben ça alors, c'est la meilleure.

— Parce que c'est une règle de la maison, elle me dit. – C'est vrai, ça ? je lui fais. – Eh oui, elle me fait. Jerry et moi, on a établi cette règle la semaine dernière après que tu es passé. Je suis désolée, grand-père. – Moi aussi, je lui dis. Et j'ai pas fini de l'être." Et alors tu sais ce que j'ai fait ?

— Non. Mais je devine.

— Je me suis levé et je suis sorti. Voilà ce que j'ai fait… Je suis rentré chez moi dans un état de rage pas possible. Et je suis pas retourné là-bas depuis. Qu'est-ce que t'en dis ?

— Ça me semble un peu brutal.

— C'est ce que j'ai pensé. Parce que j'avais déjà sorti mon briquet et allumé ma cigarette. Ç'aurait pas été si grave si elle avait pris la peine de me prévenir avant que je l'allume. Mais non, surtout pas.

— Ça lui passera sûrement.

— Je sais pas. Ça fait plus d'un mois.

— Patientez encore un peu.

— Bien sûr. Mais tu sais quoi, Pat ?

— Non.

— Tu sais ce qui me fait vraiment chier dans cette histoire ?

— Non, je ne sais pas.

— Elle me manque. C'est ça qui me fait chier. Amy me manque. Ça me manque d'aller là-bas, de discuter avec elle et de boire le café avec elle. Et demain, en plus, voilà que ça va être à nouveau dimanche après-midi. »

À ce moment-là, il me regarda et je secouai la tête. Il siffla le reste de son Jack Daniel's, puis il resta là au comptoir à remuer les glaçons dans son verre avec son doigt. À la fin il se leva tout doucement et s'en alla aux toilettes.

Pendant son absence, je me déplaçai le long du comptoir. Je commandai une autre bière. Vers le fond de la salle, assise à une table toute seule, j'aperçus Wanda Jo Evans. Elle me fit un signe de la main et, la rejoignant, je m'installai sur la chaise à côté d'elle. Debout près du billard, Jack Burdette discutait avec un groupe d'hommes : lourd, robuste, massif, il avait une allure imposante, là debout à discuter, à gesticuler avec un verre d'alcool dans une main et une cigarette dans l'autre, son visage bien au-dessus des autres visages, rubicond à présent et animé, ses yeux légèrement brillants. Les hommes avaient tous le regard rivé sur lui pendant qu'il parlait.

« Tu es ravissante ce soir, Wanda Jo. C'est une nouvelle robe ?

— Elle te plaît ?

— Oui. Tu es splendide. »

Et, évidemment, c'était vrai. D'une couleur vert pâle qui mettait en valeur sa chevelure, la robe était taillée dans un tissu satiné qui tombait avec souplesse de son épaule pour aller draper ses seins et ses hanches. Une série de petits boutons couraient sur le devant.

Elle sourit.

« Tu n'es pas trop mal toi non plus.

— Je perds mes cheveux, regarde, dis-je en frappant mon front maintenant dégarni. Si je n'arrête pas ça très vite je vais bientôt ressembler à une boule de billard sur pattes.

— Jack perd ses cheveux, lui aussi.

— Mais il en a plus à perdre. Il pourrait en prendre sur sa poitrine et se les replanter sur le crâne, personne ne remarquerait.

— Moi je remarquerais, protesta-t-elle avant d'éclater de rire. (Elle avait suffisamment bu pour que cette pensée l'amuse.) Il est atrocement poilu, pas vrai ?

— Eh oui, c'est lui le chaînon manquant », plaisantai-je.

Nous jetâmes un coup d'œil vers Jack, là-bas, près du billard. Il était encore en train de raconter une blague ou de reraconter une de ses histoires, et les hommes qui l'entouraient attendaient la chute. Jack avait toute leur attention. Une salle de bar et un public masculin : il était dans son élément.

Wanda Jo se retourna vers moi et se mit à tortiller une paille entre ses doigts.

« J'ai vu ta femme et ta petite fille sur Main Street, hier, dit-elle.

— Ah oui ?

— Oui. Comment elle s'appelle, déjà, ta petite fille ?

— Toni.

— Toni… En tout cas, elle est mignonne. Et elle avait une petite robe absolument adorable. J'ai eu envie de la serrer dans mes bras.

— Elle a un peu hérité de la beauté de sa mère, c'est toujours ça. Mais elle est têtue comme une mule.

Peut-être que tu pourrais passer nous donner un coup de main à l'heure de la sieste…

— Avec plaisir, accepta-t-elle. Tu n'auras qu'à me dire. (Son ton était sérieux.) N'empêche, je trouve que tu as de la chance.

— Ah bon ? Je ne sais pas », répondis-je.

Car moi je ne trouvais pas que j'avais de la chance. Pas dans mon mariage, du moins. Mais bien sûr Wanda Jo voulait dire que j'avais de la chance d'être père. Et j'étais d'accord avec elle sur ce point. En tout cas à l'époque. Toni était le lien qui nous maintenait ensemble, Nora et moi.

« Enfin, j'espère avoir des enfants moi aussi, reprit Wanda Jo.

— Ah bon ?

— Tu ne crois pas que je ferais une bonne mère ?

— Bien sûr que si.

— Je crois que oui. Seulement le temps passe. Parfois je voudrais que Jack se dépêche un peu et qu'il saute le pas. Il dit qu'il va le faire mais il n'arrête pas de remettre à plus tard.

— C'est bien de lui.

— Est-ce que tu savais que nous étions censés nous marier l'été dernier ?

— Non.

— Eh bien oui. J'avais acheté une robe et des cartons d'invitation. Mais Jack a décidé qu'il n'était pas encore prêt.

— Il ne devait pas l'être, j'imagine. »

Wanda Jo cessa de tortiller sa paille et me regarda. « Mais il finira par l'être. Il faut que je me le répète. Autrement, à quoi bon tout ça ?

— Il y viendra. C'est seulement qu'il n'a pas encore fini de jouer », lui assurai-je.

Puis je lui pris la main ; je la serrai fort un instant et elle sourit. Mais ce sourire ne dura pas ; il ne changea rien dans l'expression de ses yeux. Peu après elle retrouva son air malheureux.

« Reprenons un verre », suggérai-je.

Nous parlâmes d'autre chose pendant quelque temps et nous envoyâmes une ou deux tournées supplémentaires. À la fin Wanda Jo Evans était saoule mais Jack Burdette continuait à discuter avec sa bande.

Je décidai de rentrer. Il était plus de minuit et le bar fermait. Lorsque les lumières s'éteignirent, Jack s'approcha et passa son bras autour de Wanda Jo ; ils rejoignirent ensemble la voiture de Jack. Dehors, sur le trottoir, Jack dit quelque chose qui la fit rire, mais son rire était trop sonore et il se répercuta le long des vitrines, flottant dans l'air comme un brouillard. Debout sur le trottoir, je les regardai monter dans le pick-up. Puis ils s'éloignèrent en direction de Chicago Street.

Les choses auraient pu continuer indéfiniment. Elles duraient déjà comme ça depuis près de dix ans. Puis, en 1970, Doyle Francis eut soixante-cinq ans et il décida de prendre sa retraite. Or cette retraite de Doyle s'avéra être le premier d'une série d'événements qui allaient ruiner tous les espoirs de Wanda Jo Evans, même si ni elle ni personne ne le pressentait à l'époque.

Doyle Francis était le directeur de la Coopérative agricole de Holt. Il la dirigeait depuis plus de trente ans – autant dire depuis toujours –, il avait travaillé dur et il avait fait du bon boulot. Mais à présent il était fatigué. Il voulait se retirer. Il voulait jouer au golf et vérifier s'il pouvait faire pousser des asperges dans le jardin derrière sa maison. Par conséquent, au début de cet été-là, il avait prévenu Arch Withers et les autres membres du conseil d'administration de la Coopérative qu'il allait prendre sa retraite à l'automne, après la récolte de maïs.

En novembre, donc, environ quinze jours avant Thanksgiving, le conseil avait invité tous les fermiers de la région qui possédaient des parts dans le silo, ainsi que tous les employés qui travaillaient à la Coopérative, le maire de Holt, les conseillers municipaux, sans oublier toutes les épouses, à un banquet qui devait se tenir en l'honneur de Doyle au club-house du golf qu'il y avait à l'est de la ville. Nora et moi y allâmes également, pour que je puisse couvrir l'événement pour le *Mercury*. Si un événement de ce genre était sans doute de la petite bière pour le *Denver Post* ou le *Rocky Moutain News*, ou même n'importe quel journal le long de la Front Range, en tout cas à Holt, dans les Hautes Plaines, cette nouvelle méritait de figurer à la une. Les gens de la région étaient curieux de voir de quelle manière le départ de Doyle allait affecter la situation à la Coopérative.

Au banquet, il y avait les longues enfilades de tables habituelles, avec les chaises alignées de part et d'autre, ainsi qu'une table d'honneur installée à l'avant. Pour le dîner, nous eûmes droit au traditionnel rosbif accompagné de purée de pommes de terre et de petits pois, puis à du café et à une sorte de crumble aux fruits. Après, il y eut quelques petits discours et autres brefs hommages. Puis certains des fermiers qui étaient là se mirent debout spontanément – mais aussi un peu gauchement, avec leurs fronts blancs tout bien astiqués pour l'occasion qui brillaient sous les lumières du club-house, et leurs grosses mains rouges et calleuses qui dépassaient de leurs vestes de complet –, et une fois debout ils se mirent à raconter des anecdotes et des blagues aux dépens de Doyle, des histoires le concernant que tous les membres de l'assistance avaient déjà entendues trois ou quatre fois, et dans des versions plus osées et plus détaillées. Mais ils remportèrent tout de même un franc succès. Et, bien sûr, Doyle prit tout ça avec bonhomie. Puis Arch Withers, le président du conseil d'administration de la Coopérative, fit venir Doyle au pupitre de façon à pouvoir lui offrir son cadeau. C'était un carton assez gros enveloppé dans du papier argenté et garni d'un nœud rouge. Tous les regards étaient braqués sur Doyle pendant qu'il ouvrait son paquet, mais Withers et les autres membres du conseil qui étaient assis avec leurs épouses à la table d'honneur ne se contentaient pas de l'observer : ils avaient du mal à contenir leur hilarité. Il n'y avait pas un seul visage sérieux parmi eux. Finalement, Doyle réussit à retirer l'emballage argenté et il ouvrit le paquet. En regardant à l'intérieur, il sembla tout d'abord déconcerté, interloqué ; puis il sourit et, plongeant ses mains dans la boîte, il en brandit le contenu à la vue de toute l'assistance. Et ce qu'il nous montra n'était pas la classique montre à gousset ni un de ces ensembles stylo plume et stylo-bille de luxe qui irait récolter la poussière sur quelque bureau. Non, en réalité, le conseil d'administration avait offert à Doyle un bon gros hamac d'extérieur pour qu'il s'y allonge – assorti d'un abonnement de cinq ans à *Playboy* pour qu'il feuillette la revue allongé dans son hamac. Doyle eut un immense sourire. Puis il prit la parole.

« Les enfants, vous me flattez, j'en ai peur. La triste vérité, c'est que je suis trop gros pour l'un et trop vieux pour l'autre. »

Tout le monde rit. Puis un des membres du conseil s'écria : « Ouais, mais, Doyle… ce qu'on veut savoir, c'est pour lequel des deux tu es trop gros ? »

Alors les gens rirent à gorge déployée. Ils se retournèrent pour regarder la femme de Doyle qui était assise à la table d'honneur à côté du siège laissé vide par son mari. C'était une brave petite bonne femme grassouillette aux cheveux blancs : elle devint soudain toute rouge et se mit à tripoter avec embarras une serviette du club-house. Doyle reprit :

« Bien sûr, je suppose que je pourrais toujours perdre un peu de poids. Je pourrais peut-être même arriver à retrouver ma maigreur d'antan, vous ne croyez pas ? »

Les gens s'esclaffèrent à nouveau, et lorsque Doyle alla poser le paquet sur sa chaise puis qu'il se baissa pour embrasser bruyamment sa femme aux cheveux blancs sur une de ses joues en feu, un baiser plein d'une bonne humeur évidente et d'une affection authentique même après plus de quarante ans de mariage, les gens applaudirent.

Toute cette partie du banquet de départ à la retraite de Doyle Francis fut donc très réussie. Les gens de Holt étaient contents. Et je crois qu'ils furent également ravis du dénouement de cette soirée.

Car eut lieu ensuite l'annonce publique selon laquelle Jack Burdette avait été choisi pour succéder à Doyle Francis comme directeur de la Coopérative agricole. Arch Withers se chargea de l'annonce. S'appuyant lourdement sur le pupitre, s'adressant à l'assistance d'un ton solennel, il déclara que le conseil et lui étaient bien conscients qu'un dirigeant de la carrure de Doyle ne se trouvait pas sous le sabot d'un cheval, mais qu'ils avaient décidé de ne pas aller chercher midi à quatorze heures. Après avoir bien réfléchi au problème ils étaient parvenus à une décision unanime ; ils étaient tous tombés d'accord pour promouvoir Jack au rang de directeur.

Les gens applaudirent à nouveau. Tout le monde approuvait. Et tandis que Jack montait sur l'estrade pour serrer la main d'Arch Withers, un des fermiers dans le public déclara : « Eh bien, au moins, il a de sacrées épaules. Balèze comme il est, Burdette devrait avoir la carrure qu'il faut pour succéder à Doyle ou à n'importe qui. »

Assise au milieu de la salle à l'une des longues tables, Wanda Jo Evans aurait pu ajouter quelque chose sur le fait que Jack avait aussi des chemises propres. Mais elle s'abstint – même si, quand je la regardai, il y avait des larmes qui brillaient dans ses yeux, des larmes d'amour et de fierté, sans doute, mais aussi d'espérances intimes. Car Wanda Jo Evans devait penser que maintenant, avec sa promotion, Jack accepterait peut-être de se ranger, qu'il serait peut-être prêt à faire de leur relation – cet arrangement du samedi soir qui les unissait depuis presque huit ans – non seulement un échange hebdomadaire mais une situation quotidienne et permanente.

Puis 1971 arriva. C'était le printemps. Jack était directeur de la Coopérative agricole depuis environ six mois. Début avril, cette année-là, le conseil décida de l'envoyer en Oklahoma, à Tulsa, pour qu'il puisse assister à un week-end de séminaire destiné aux gérants de silos à grain. Le conseil était convaincu que ça vaudrait la peine pour lui, tout comme pour la Coopérative, d'assister au congrès, de participer aux colloques et aux ateliers, puis de revenir armé des pronostics les plus récents sur le marché à terme ainsi que de toute information nouvelle qu'il pourrait recueillir sur la prévention des explosions de silos à grain. Un sous-secrétaire à l'Agriculture, plusieurs économistes et quelques scientifiques d'université étaient censés se trouver là, pour animer les ateliers et les colloques.

Jack alla donc à Tulsa. Il partit seul, au volant d'un des pick-up de la société, avec deux ou trois cartes de crédit professionnelles différentes dans sa poche. Il était parti le jeudi. La convention devait commencer le vendredi midi à l'Holiday Inn, et Jack devait rester tout le week-end, rentrer le lundi en fin d'après-midi ou en début de soirée, puis faire son compte rendu au conseil lors d'une réunion spéciale le mardi. Selon toute apparence, Jack était arrivé à Tulsa le jeudi soir exactement comme prévu. Il avait trouvé l'Holiday Inn, pris sa chambre au motel, repéré la salle à manger et le bar, frayé avec plusieurs autres directeurs de silo, écouté leurs histoires, raconté quelques-unes des siennes, et était allé se coucher à une heure raisonnable. Après ça, on avait tout lieu de croire qu'il avait même assisté à certaines réunions du vendredi après-midi ainsi que du samedi. Mais le samedi soir venu, de toute évidence, il avait eu sa dose.

Je ne sais pas ; peut-être tout simplement s'ennuyait-il. Peut-être en avait-il ras le bol. Assister aux ateliers et aux colloques d'une convention était sans doute trop pénible pour lui, comme de suivre les cours du lycée ou de la fac. Il devait y avoir tout ce bla-bla dans ces salles étouffantes dépourvues de fenêtres, avec ces carafes d'eau glacée et ces thermos de café disposées sur une table à l'arrière, mais rien de plus fort, aucune boisson d'homme : ces experts, là-bas, à l'avant de la salle, dégoisant sans relâche, pontifiant savamment, sérieusement, professionnellement, sur les ventes à terme du maïs et les explosions de poussière de grain, avec à côté d'eux ces inévitables chevalets pour les cartes et les graphiques et ces piles de documents scientifiques, toutes choses qu'il n'était pas seulement supposé croire et comprendre mais aussi noter soigneusement avec ce stylo à bille et ce bloc flambant neufs qu'ils n'avaient pas manqué de lui remettre, assis là à une table avec ses gros bras musclés qui reposaient sur le plateau devant lui comme deux énormes jambons alors qu'il calculait les heures et les minutes qui le séparaient du dîner et du premier verre de la soirée, quoique pas forcément dans cet ordre-là. Et pendant ce temps les experts continuaient sans doute à parler et lui continuait sans doute à lutter contre le sommeil. Alors j'imagine sans mal qu'il devait s'ennuyer ferme le samedi soir venu, et en avoir assez de tout ce cirque. Mais je sais également qu'à ce moment-là il avait rencontré Jessie Miller. Et Jessie Miller, c'était le nom qu'elle portait à l'époque, aurait suffi à lui donner envie de s'esquiver même s'il ne s'ennuyait pas.

Elle avait été recrutée par un des sponsors du congrès pour se tenir derrière une table placée dans le hall. Elle avait reçu l'ordre de porter un chemisier blanc et une minijupe noire, d'arborer un sourire affable, de distribuer de belles brochures en couleurs, et de passer en continu un film qui vantait les mérites d'une variété particulière de maïs hybride.

Elle avait fait cela scrupuleusement tout le vendredi après-midi et tout le samedi. Jack avait donc dû la rencontrer, ou du moins lui avoir parlé, à plusieurs reprises déjà.

Puis, le samedi soir, après avoir été enfin libéré du dernier atelier, Jack entreprit activement de lui faire du charme. Car il était capable de charme. Je ne l'ai peut-être pas assez souligné, mais Jack Burdette pouvait attirer les femmes, il était capable de faire preuve d'un charme et d'une force de conviction considérables quand il s'agissait des femmes. Eh oui, c'était ainsi ; chaque fois qu'il se préoccupait de l'opinion que les femmes avaient de lui et de la façon dont elles réagissaient à son discours – c'est-à-dire chaque fois qu'il désirait quelque chose d'une femme –, il était capable de se montrer aussi fascinant que convaincant. Il produisait aussi cet effet-là sur les hommes. Il prenait l'avantage dès qu'il entrait dans une pièce. Pourtant ce n'était pas totalement conscient ni délibéré de sa part. C'était avant tout une affaire d'élan et d'instinct, le résultat d'une vitalité et d'une énergie innées. Il était sûr de lui. Il s'imposait naturellement. Par ailleurs, il était gigantesque, et toujours plutôt beau garçon à l'époque. Il ne s'était pas encore laissé aller.

Il se mit donc à lui faire du charme. Elle avait juste vingt ans en 1971 et il en avait déjà trente. Il l'invita à dîner, lui offrit une entrecôte dans la salle à manger et dansa avec elle dans le salon jusqu'à une heure avancée de la nuit, la faisant tournoyer sur la piste au son de la musique live jouée par l'orchestre country qu'avaient embauché les sponsors de la convention, et il agrémenta le tout d'un assortiment de vins coûteux qu'il régla avec les cartes de crédit de la Coopérative agricole. Puis il s'esquiva avec elle. Ils montèrent dans sa chambre de motel et n'en ressortirent pas avant le lundi matin – alors que tous les autres participants à la convention étaient déjà rentrés chez eux –, ne quittant le motel que pour aller se soumettre à une analyse de sang et dénicher le juge de paix le plus proche, avant de regagner à nouveau la tranquillité de la chambre de Jack à l'Holiday Inn.

C'est ainsi que Jack ne rentra à Holt que le mercredi dans la soirée. Et quand il rentra enfin il était marié. Il installa Jessie dans son ancienne chambre du Letitia Hotel, juste à un pâté de maisons de Main Street.

La chose surprit et stupéfia tout le monde à Holt. Mais ce ne fut pas seulement de la surprise et de la stupéfaction pour Wanda Jo Evans. Pour elle, ce fut un choc quasi fatal. Et ce ne fut même pas Burdette qui l'informa de son mariage. Non, elle apprit la nouvelle de la même manière que tout le monde à Holt : par ouï-dire le jeudi matin, après qu'il fut rentré de l'Oklahoma et qu'il eut passé cette première nuit avec Jessie au Letitia Hotel.

Wanda Jo savait que Jack se rendait à Tulsa. Elle était au courant du fait que le conseil d'administration l'avait envoyé à la convention. Mais je ne pense pas qu'elle y ait attaché beaucoup d'importance. Pas plus que quiconque. Ça faisait simplement partie de ses nouvelles responsabilités de directeur de la Coopérative. Pour Wanda Jo, ça avait dû uniquement signifier que Jack ne serait pas là le week-end et qu'elle n'aurait pas droit à leur virée hebdomadaire suivie de leur partie de jambes en l'air dans la chambre à coucher. Alors peut-être pendant l'absence de Jack décida-t-elle de mettre son temps à profit. Peut-être fit-elle le ménage à fond dans sa petite maison ; peut-être alla-t-elle chez le coiffeur pour une permanente et fit-elle des choses comme vérifier ses comptes ou recoudre des boutons sur une des chemises de Jack. Et puis le lundi serait arrivé et Jack serait rentré comme prévu.

Sauf qu'il ne rentra pas le lundi. Il était encore à Tulsa le lundi. Il était occupé. Il se faisait faire une analyse de sang. Il recrutait des inconnus à l'intérieur et à l'extérieur du siège du comté pour servir de témoins, il se tenait devant un quelconque juge de paix, et il promettait à la jeune fille de vingt ans à côté de lui qu'il connaissait peut-être depuis quarante-huit heures qu'il continuerait à l'aimer et à prendre soin d'elle, qu'ils deviennent riches ou non un jour, qu'ils aient la chance de rester en bonne santé ou qu'ils aient le malheur de tomber malades, jusqu'à ce que la mort les sépare. Il ne rentra donc à Holt que tard le mercredi soir. Il était bien plus de minuit et par conséquent, ce soir-là encore, Wanda Jo Evans avait dû renoncer à attendre un coup de fil qui ne venait pas et elle avait dû finir par aller se coucher, troublée et déconcertée, désormais un peu inquiète. À la longue elle avait dû s'endormir. Puis, le lendemain, elle avait découvert qu'il était marié.

Ce fut Joyce Penner, une des femmes de la compagnie du téléphone où travaillait Wanda Jo, qui le lui annonça. Joyce avait appris la nouvelle chez le boulanger. Vers neuf heures et demie ce matin-là, elle était allée à la boulangerie Bradbury sur Main Street, afin d'y acheter des pains aux raisins pour ses collègues de bureau, et déjà tout le monde en ville ne parlait que de ça. Joyce, paraît-il, avait immédiatement tourné les talons, sans même acheter les gâteaux. Elle avait ressurgi à la compagnie du téléphone et, se penchant par-dessus la table de Wanda Jo, elle lui avait dit :

« Mon chou, viens avec moi aux toilettes.

— Qu'est-ce qui ne va pas ? avait demandé Wanda Jo. Quelque chose ne va pas ?

— Allons, viens aux toilettes avec moi, je te dis.

— Bon. Il doit y avoir quelque chose qui ne va pas », avait dit Wanda Jo.

Joyce s'éloignait déjà, dépassant les autres collègues installées à leur bureau. Wanda Jo se leva et suivit Joyce aux toilettes, dans ce petit réduit carré et fonctionnel où il n'y avait pas de fenêtre, où il y avait tout juste assez de place pour une personne et où le ventilateur, qui se mettait automatiquement en marche quand on appuyait sur l'interrupteur électrique, produisait un son métallique, puis Joyce verrouilla la porte derrière elles et ordonna à Wanda Jo de s'asseoir.

« Pourquoi ? demanda Wanda Jo.

— Assieds-toi, c'est tout », insista Joyce.

Et elle le lui annonça.

Je suppose qu'une mauvaise nouvelle peut s'avérer fatale chez certaines personnes. Surtout si elle est soudaine et inattendue. En particulier si vous n'avez pas l'habitude, si vous avez toujours vécu passivement, en espérant que les choses s'arrangent malgré toutes les preuves du contraire, si vous avez vingt-neuf ans et que vous croyez encore qu'un homme va vous épouser simplement parce que vous avez lavé ses chaussettes sales pendant huit ans et que vous avez couché avec lui le samedi soir pendant tout ce temps-là, alors oui, je suppose qu'une mauvaise nouvelle peut vous tuer. En tout cas ce fut quelque chose comme ça pour Wanda Jo Evans. Parce que, d'une certaine façon, Wanda Jo Evans est bel et bien morte ce jeudi matin d'avril. Je ne veux pas dire qu'elle se soit tranché les veines avec un rasoir pour filles qu'elle trimballait par hasard dans son sac, ni qu'elle ait fait quoi que ce soit d'aussi suicidaire que de se poignarder avec une lime à ongles. Je veux seulement dire qu'elle cessa de s'intéresser à ce qui pouvait lui arriver.

Ce détachement fut instantané. Durant le reste de cette matinée-là, elle demeura assise dans les toilettes de la compagnie du téléphone à contempler le carrelage sur le sol, à s'essuyer le nez avec du papier hygiénique bon marché, à pleurer en silence, ses cheveux blond vénitien récemment permanentés retombant sur son visage effaré et accablé, et son mince cou blanc courbé et offert comme si elle attendait quelque ultime coup de hache assené par quelque inquisiteur du comté de Holt. Tout ça – cet épouvantable regret, cet atroce désespoir et cette effroyable soumission individuelle – pendant que le ventilateur au plafond continuait à émettre son exaspérant petit bruit et pendant que les autres femmes dans le bureau de devant s'entêtaient à parler de son cas et à envoyer une représentante choisie dans leurs rangs pour vérifier à peu près tous les quarts d'heure comment elle allait. Elle ne quitta pas les toilettes de toute cette matinée-là. Puis, à midi, une de ses collègues la ramena chez elle.

Pendant le reste de ce printemps-là, Wanda Jo n'arrêta pas de boire. Le soir, elle rentrait chez elle après le boulot et elle s'asseyait devant la télévision, à boire du vin bas de gamme ou de la vodka jusqu'à ce qu'elle s'endorme. Et les week-ends de ce printemps-là, elle sortit dans les bars de la ville, se rendant seule désormais dans ces établissements où Jack et elle étaient jadis allés ensemble. Invariablement, elle buvait jusqu'à la fermeture. Puis, à la longue, elle se mit à ramener des hommes chez elle. Elle les faisait venir dans cette petite chambre à l'arrière de sa maison de Chicago Street, et le lit n'était même plus fait et les draps sentaient la sueur et le tabac froid. Rien de tout ça ne comptait plus pour elle. La seule chose qui comptait pour elle, c'était que cet homme – quel qu'il puisse être, et il y en eut pas mal pendant ces mois de la fin du printemps et du début de l'été, et même de temps en temps plus d'un à la fois –, la seule chose qui comptait, c'était que cet homme s'occupe lui-même de sa lessive. Elle insistait là-dessus.

Quand le mois de juin arriva, Wanda Jo n'était plus qu'une épave. Elle était complètement perdue et pitoyable. Les gens de Holt, d'ailleurs, avaient pitié d'elle – les femmes, en particulier, mais aussi certains hommes, quand ils y réfléchissaient. Tout le monde la plaignait. Mais personne ne savait quoi faire pour l'aider. À la fin, pourtant, un secours inattendu arriva de l'extérieur. Il survint sous la forme d'un timide petit bonhomme entre deux âges qui portait des lunettes à monture d'écaille et une chemise blanche avec une cravate : un nommé T. Bleven McGill. Il était un des responsables de la compagnie du téléphone et il s'avéra qu'il avait du cœur. T. Bleven McGill persuada Wanda Jo de demander sa mutation. Résultat, à la fin du mois de juin 1971, elle déménagea pour Pueblo. À ma connaissance, elle y habite toujours.

Toutefois, avant de partir, elle fit quelque chose – une chose qui aujourd'hui fait également partie de la légende du comté de Holt –, elle alla rapporter à Jack un dernier sac en papier kraft rempli de vêtements. Les vêtements étaient tous lavés et minutieusement repassés, ça va de soi. Ils dégageaient encore un léger parfum de savon. Elle les avait lavés dans le courant de cette semaine qui avait précédé le voyage de Jack à Tulsa, et évidemment quand il était revenu du congrès il n'avait pas pensé à les récupérer. Donc Wanda Jo les lui rapporta un après-midi, alors qu'il se trouvait au bureau de la Coopérative. Bob Thomas et plusieurs employés étaient là aussi. Elle ne dit pas un mot à Jack ni à aucun des autres. Elle se contenta de poser le sac sur le comptoir, de regarder Jack, de le dévisager, de croiser ses yeux, puis de promener son regard sur les autres hommes. Pour finir, elle fit volte-face et sortit du bureau.

Quand elle fut partie, Burdette regarda à l'intérieur du sac. Il en reconnut le contenu ; c'étaient bien ses vêtements, mais plus tout à fait. Ils avaient été découpés au rasoir ou aux ciseaux, méthodiquement, amèrement, en lambeaux minuscules, dont le plus grand ne dépassait pas la taille d'une case sur un échiquier ou d'un ruban dans les cheveux d'une petite fille : toutes ses chaussettes, toutes ses chemises, tous ses pantalons et tous ses sous-vêtements. Burdette vida le sac sur le comptoir.

« Hum… dit-il aux autres hommes présents dans le bureau. D'après vous, ça signifie que c'est fini entre nous ? D'après vous, ça signifie qu'elle ne me lavera plus mon linge ? »

Bob Thomas et un ou deux types s'esclaffèrent.

« Et puis merde, fit Jack. C'était une brave fille. Sauf qu'elle a toujours manqué un peu d'humour. »

Deuxième partie

6.

Elle était le contraire absolu de ce que les gens de Holt pensaient qu'elle serait. Ou plutôt, elle était le contraire absolu de ce que les gens de Holt pensaient qu'elle serait *forcément*. Si Burdette devait l'épouser, s'il devait quitter une fille aussi belle et généreuse et patiente que Wanda Jo Evans pour épouser une autre fille, cette fille devait forcément sortir de l'ordinaire. Au minimum, elle devait être une version à voix rauque *made in Oklahoma* de Jayne Mansfield ou de Marilyn Monroe.

Mais ce n'était pas le cas. Elle n'était pas comme ça du tout.

Néanmoins, dès le début, Burdette lui-même fourvoya les gens à son sujet. Ce jeudi matin d'avril, après être rentré de Tulsa la veille au soir et être retourné travailler au silo le lendemain, il parla d'elle à Arch Withers. Et ce qu'il raconta à Withers laissait clairement supposer qu'elle était bien le genre de femme auquel les gens s'attendaient. Donc, comme c'était par lui, par Arch Withers, que les gens eurent vent de l'existence de cette femme et comme personne ne l'avait encore rencontrée ou aperçue sur Main Street, et que personne ne l'apercevrait ni ne la rencontrerait avant trois ou quatre heures – pas avant midi, quand elle quitterait le Letitia Hotel pour aller déjeuner au Holt Café avec Burdette –, pendant la durée de cette matinée-là (qui était cette même matinée où Wanda Jo Evans pleurait dans son coin, malheureuse, dans les toilettes de la compagnie du téléphone), les gens de Holt se figurèrent qu'elle devait au minimum être blonde, si ce n'est impudente, superficielle et vulgaire, une espèce de starlette sans cervelle aux lèvres peinturlurées venue d'Oklahoma.

Ce jeudi matin d'avril, Arch Withers avait attendu Burdette à côté du perron en planches brutes menant au bureau de la Coopérative. Il se tenait sur le gravier sous le soleil matinal, appuyé contre le pare-chocs de son vieux pick-up noir, mâchonnant un cure-dents plat et se nettoyant les ongles. Quand Burdette débarqua à huit heures ce matin-là, Withers l'attendait déjà depuis près d'une heure. Burdette arriva dans le véhicule de société qu'il avait pris pour aller à Tulsa. Il en sortit et rejoignit Withers.

« Alors ? demanda Withers. Qu'est-ce qui s'est passé ? T'en as eu marre de la bouffe de motel et t'as décidé qu'il était temps de rentrer ?

— Non. Leur bouffe était pas mal, répondit Burdette. Leurs lits aussi, d'ailleurs.

— Donc, c'est pas ça. Ouf, tu me rassures. Ça me plairait pas que t'aies sauté des repas ou que t'aies manqué de sommeil à cause de nous – rien que parce que tu finis par rentrer deux jours après la date prévue et que t'as pas passé le moindre coup de fil pendant tout ce temps ni même répondu au téléphone quand quelqu'un essayait de te joindre.

— Arch, dit Burdette, tu m'as l'air un peu contrarié.

— Tu trouves ?

— Ouais, vraiment. Et ça ne te va pas.

— Alors il faudra que tu me pardonnes. Peut-être devrais-je te présenter mes excuses. Parce que je ne suis pas contrarié, bon Dieu. Je suis en rogne. Bon Dieu, mais merde, où est-ce que t'étais passé pendant tout ce temps ? »

Burdette lui raconta alors Jessie Miller. Il lui raconta qu'il l'avait rencontrée dans le hall de l'Holiday Inn où elle passait en continu ce film si monotone sur le maïs hybride. Il raconta à Withers qu'il avait dansé avec elle.

« Elle était vachement jolie, en plus, précisa-t-il.

— Ah oui ? Alors je suis content pour toi, j'imagine. Mais, bon Dieu, quel rapport avec le reste ?

— Énorme.

— Qu'est-ce que tu veux dire ?

— Eh bien, je l'ai épousée.

— Mais oui, je te crois.

— C'est la vérité. Je suis un homme marié maintenant. Comme tout le monde.

— Ma parole, j'en reviens pas, dit Withers. Je croyais que t'avais plus de jugeote. »

Puis, comme il le raconta lui-même par la suite, Arch Withers se remit à mâchouiller son cure-dents en examinant Burdette, le regardant des pieds à la tête comme s'il constituait une soudaine anomalie dans l'évolution du genre humain, une anomalie pas forcément séduisante mais plutôt, disons, un drôle de spécimen doué de parole, ou une aberration gigantesque et potentiellement dangereuse.

Withers finit pourtant par digérer ce coup de théâtre et poursuivit :

« D'accord, admettons, te voilà marié. Tu as épousé une superbe créature en Oklahoma. Mais nom de Dieu, mec, me dis pas que tu n'as pas fichu les pieds à une seule réunion alors qu'on t'avait envoyé là-bas pour ça ?

— Bien sûr que si, protesta Burdette. À quelques-unes. À pas mal, même. Je ne l'ai rencontrée que samedi.

— Alors comment ça se fait que tu ne sois rentré que mercredi ? T'étais censé nous présenter ton compte rendu mardi.

— Je sais bien. Mais tu te figures tout de même pas que ce cabinet-là est ouvert le week-end, dis ?

— Quel cabinet ?

— Celui où on a pu faire nos analyses de sang.

— Tu veux dire que tu t'es marié lundi ?

— Exact.

— Mais ça nous laisse encore mardi.

— Non. »

Withers le dévisagea.

« Mardi, c'était notre lune de miel, expliqua Burdette. On était encore au lit mardi. »

Withers retira alors le cure-dents de sa bouche et l'envoya promener. Il déclara qu'il ne lui servait plus à rien et qu'il avait désormais un sale goût.

Toutefois il s'entêta.

« D'accord, reprit-il, j'imagine que des félicitations s'imposent. Et je te félicite – je vous souhaite du bonheur à tous les deux. Mais permets-moi d'espérer au moins une chose.

— Laquelle ?

— Permets-moi d'espérer que tout ça ne va pas gâcher ton jugement.

— Ça l'a jamais gâché avant.

— Enfin merde... avant, t'avais jamais été marié non plus, que je sache.

— Très juste, acquiesça Burdette. Et avant, j'étais pas non plus allé à Tulsa. Attention, ça pourrait devenir une habitude... »

Burdette donna à Withers une tape dans le dos, mais Arch Withers ne trouvait décidément pas ça drôle. Il grimpa dans son pick-up et démarra. Par la fenêtre ouverte il lança :

« Et ton sang, au fait, comment il était ? Tu sais, ce fameux compte rendu… Il pourrait intéresser le conseil.

— Arch… répondit Burdette. Il était chaud. C'est fou ce qu'il était chaud. (Il éclata de rire.) Et celui de Jessie aussi », ajouta-t-il.

Là-dessus Withers s'en alla, il quitta l'allée de gravier pour rejoindre la route, puis Main Street et la boulangerie Bradbury. Pendant une heure, avant de retourner chez lui, avant de partir retrouver le tracteur qui l'attendait dans le champ à demi labouré que, de son propre aveu, il avait déjà abandonné trop longtemps à cause de cette fichue histoire, il s'attarda dans la boulangerie à boire du café noir et à manger des doughnuts à la crème tout en racontant autour de lui ce qu'il venait d'apprendre. Il précisa qu'il lui semblait bien que Burdette ne riait plus au moment où il s'était éloigné, mais qu'il était quasi certain qu'il souriait toujours.

« Donc, comme ça, il est marié ? demanda un des clients. Ça alors, ça me la coupe…

— Du moment que ça la lui coupe pas à lui ! plaisanta un autre.

— Enfin, en tout cas, le salopard… Je me demande bien à quoi elle ressemble. »

Résultat des courses, à midi ce jeudi-là sur Main Street, il y avait foule au Holt Café. Les gens de Holt savaient que Burdette y déjeunait et ils espéraient que sa jeune épouse l'y rejoindrait. Ils voulaient voir cette créature par eux-mêmes. Ils voulaient vérifier la tête qu'elle avait, histoire de confirmer leurs hypothèses. À midi toutes les tables et tous les box du café étaient occupés et il y avait de plus en plus de monde qui faisait le poireau à l'entrée, dans l'espoir qu'une table se libère. Quant à la formule du jour – du bœuf braisé aux tomates et aux oignons accompagné de pommes de terre et de haricots verts, suivi d'une tarte aux pommes servie chaude –, elle était déjà épuisée.

Un peu après midi, Burdette fit son apparition. Il se tint à la porte un instant, scrutant les tables et les box du café, cherchant dans la salle enfumée et pleine à craquer une place où s'asseoir. Deux types du pays lui firent signe, l'incitant à venir les rejoindre à une table centrale située face au buffet. Il les remercia d'un geste, mais dépassa leur table pour gagner une alcôve dans l'angle de la salle. Une jeune femme y était assise, toute seule.

Elle était arrivée un certain temps auparavant. Elle devait être là depuis une trentaine de minutes ; peut-être plus que cela. Quand elle était entrée dans le café en fin de matinée les gens l'avaient remarquée – tout nouveau venu en ville était forcément remarqué –, mais sans y attacher, à mon avis, une grande importance. Ils avaient supposé, ou plutôt nous avions tous supposé, qu'il s'agissait simplement d'une célibataire venue d'ailleurs qui voyageait sur la route 34, et qui n'avait fait escale à Holt que pour déjeuner et peut-être pour se reposer pendant une heure au café. Toutefois, il y avait aussi des gens que sa présence contrariait ; ces hommes et ces femmes qui étaient debout à l'entrée n'arrêtaient pas de lui décocher des regards noirs, indiquant par là qu'elle aurait dû avoir la correction de se lever et de leur céder la place. Elle occupait un box entier à elle toute seule, un box dont ils avaient pour leur part un besoin plus immédiat et plus urgent.

C'est alors que Burdette fit quelque chose qui surprit tout le monde dans le café. Il s'assit avec elle – pas en face d'elle mais à côté d'elle – et il lui passa le bras autour de la taille. Il attira vers lui cette jeune inconnue et il l'embrassa.

Tout à coup on eut bel et bien l'impression d'entendre le bruit de l'air qu'aspiraient les hommes et les femmes assis dans le café ce midi-là lorsqu'ils se rendirent compte de qui elle était, lorsqu'ils comprirent qui elle devait être. On aurait cru ce moment dans les films quand tout – la musique, le mouvement, la réalité – s'arrête pendant quelques secondes et que les personnages sur l'écran demeurent provisoirement immobiles et silencieux. Les gens de Holt étaient sous le choc. Elle n'était pas du tout comme ils s'y attendaient. Certains dans le café se demandaient même si elle n'était pas un peu indienne.

Il s'avéra en effet que Jessie Burdette était une femme très discrète et très solitaire. Elle avait des yeux marron, des cheveux châtain foncé et une peau magnifiquement claire ; elle était moins grande que la moyenne et elle était très mince mais ce n'était pas un petit modèle. Elle n'avait rien à voir avec ces débutantes un peu mièvres ou ces jeunes filles si délicates. On ne pouvait même pas prétendre qu'elle était jolie. En fait, elle avait du charme, elle avait beaucoup de charme. Plus tard, treize ans plus tard, lorsque j'en vins à bien la connaître, je finis par voir en elle non seulement la femme la plus charmante que j'aie jamais rencontrée, mais aussi la personne la plus admirable qui soit. À la fin, j'aurais été prêt à faire absolument n'importe quoi pour elle. Pourtant, elle n'était pas jolie au sens classique. Elle n'avait rien de ces ravissantes petites nanas au nez en trompette et au tempérament épanoui comme on en voit partout ; elle n'avait pas non plus cette espèce de beauté agressive à la manière californienne. Non, c'était une jeune femme pas très grande, brune, réservée et douée à l'évidence d'une puissante volonté. Elle paraissait capable d'accomplir des tas de choses. Elle paraissait indépendante. Ce premier jour, quand je la vis pour la première fois au Holt Café, elle semblait revendiquer une sorte de distance, comme si elle préférait vraiment qu'on la laisse tranquille, ou comme si elle savait parfaitement ce qu'elle voulait et que, si cette attitude devait l'empêcher d'être proche des autres – de telle manière qu'elle aurait toujours l'air un peu à l'écart, un peu séparée des gens de Holt, et même des gens partout dans le monde –, eh bien, elle était résolue à accepter ça aussi.

Moralité, je ne sais pas pourquoi Jessie avait épousé Jack Burdette. Pas avec certitude, en tout cas. Alors que, comme je l'ai déjà mentionné, je crois savoir pourquoi Jack Burdette avait épousé Jessie : par ennui. Il avait décidé qu'il préférait largement faire du charme à cette fille plutôt que d'assister à d'autres ateliers du colloque. En plus, il avait ces fameuses cartes de crédit dans sa poche. Il aurait été bien bête de gâcher une occasion de dépenser un argent qui ne lui appartenait pas, surtout s'il suffisait pour ça de gribouiller son nom sur un bout de papier. Mais je ne peux pas dire avec certitude pourquoi Jessie l'avait épousé.

C'était sans doute en partie dû au fait qu'elle n'avait que vingt ans en 1971. Elle était encore très jeune, même si elle n'ignorait pas totalement comment marchaient le monde et les hommes. Elle les avait déjà un peu pratiqués. Il n'empêche qu'elle était très jeune. Elle sortait à peine de l'adolescence. Et elle avait vécu sa vie entière à Tulsa. Je ne pense pas qu'à vingt ans

Jessie Burdette se soit figuré que Tulsa était la chose la plus intéressante à voir en ce monde.

Donc en avril, cette année-là, Jack Burdette avait débarqué à l'Holiday Inn. C'était un grand gaillard jovial, il avait dix ans de plus qu'elle et il venait du Colorado. Et donc il lui avait fait du charme. Puis, plutôt que d'assister encore à des ateliers du colloque, il lui avait demandé sa main. Et elle, pour des raisons qui lui étaient propres, la lui avait accordée. Mais il y avait tout de même eu une autre petite arnaque dans ce week-end romantique : à un moment, dans le courant de ces journées et de ces nuits passées dans la chambre d'hôtel, Burdette s'était débrouillé pour donner l'impression à Jessie que Holt était une plus belle ville qu'elle n'était en réalité. Il lui avait par exemple raconté qu'on pouvait voir les montagnes depuis Holt.

Évidemment, ce n'est pas vrai. Il faut parcourir plus de soixante kilomètres vers l'ouest pour les voir. Et encore, il faut que ce soit une journée très claire, et qu'il ait bien plu avant ou que le vent ait soufflé bien fort pendant cinq ou six heures de façon à chasser ou à disperser le nuage marron qui pèse sur Denver, et même alors, question montagnes, on n'aperçoit qu'une vague ligne dentelée de couleur bleue à l'horizon, à plus de cent cinquante kilomètres à l'ouest. Mais pour Jessie Burdette, qui se souviendrait par la suite de la manière dont Jack lui avait décrit son pays, le comté de Holt ne pourrait que la changer de Tulsa, Oklahoma. Et elle avait, de son point de vue, de bonnes raisons de vouloir quitter Tulsa, Oklahoma.

Elle était l'aînée de trois enfants. Les deux autres étaient des garçons, qui avaient cinq et six ans de moins qu'elle. Sa mère était une invalide, clouée dans un fauteuil roulant, et son père, vendeur de machines-outils, était absent de la maison la plupart du temps. Aussi, à l'adolescence, une fois sa mère devenue infirme, Jessie avait passé des heures et des heures à s'occuper d'elle et de ses deux petits frères. Elle était très calée pour faire la cuisine, le ménage, la lessive, changer les bassins et vider les poches d'urine, elle avait travaillé le soir dans des fast-foods, et elle avait même économisé un peu d'argent afin d'acheter du tissu pour se faire des vêtements. Mais elle n'était pas très calée en matière de distractions.

L'existence n'était pour elle qu'un scénario tristement répétitif, une routine sinistre dont elle ne voyait pas la fin. Puis elle avait eu son diplôme de fin d'études. Par la suite, elle avait travaillé à plusieurs reprises comme secrétaire intérimaire. Mais tout ça ne la menait nulle part. Ce fut aux alentours de cette époque-là que son père, par le biais de certains contacts professionnels, avait entendu parler de ce boulot d'hôtesse au congrès céréalier qui devait se tenir à l'Holiday Inn. Elle avait donc posé sa candidature et elle avait été recrutée pour diffuser le fameux film sur le maïs hybride dans le hall du motel. Elle portait la minijupe qu'on lui avait demandé de porter, avec le chemisier blanc à manches courtes et décolleté plongeant, et elle n'avait pas cessé d'adresser des sourires affables aux hommes du colloque. Puis Jack Burdette était arrivé et s'était mis à parler avec elle. Bientôt il s'était agi d'autre chose que de simple bavardage, et le lundi il l'avait épousée.

Pendant les cinq années suivantes, après l'avoir entrevue pour la première fois au Holt Café ce jeudi-là au déjeuner, comme tout le monde en ville je ne l'aperçus que rarement. Et encore n'était-ce que par hasard, de loin, à une distance rassurante et nécessaire. Les fois où elle faisait ses courses sur Main Street, ou lors de ces rares samedis soir où elle acceptait de sortir dans les bars avec Burdette, je la voyais, exactement comme tout le monde, et je prêtais attention à elle.

Elle le faisait encore un peu à l'époque – sortir dans les bars, je veux dire. Au cours des sept ou huit premiers mois qui suivirent le départ de Wanda Jo Evans, et alors qu'elle-même était encore nouvelle dans notre communauté, nous l'apercevions de temps en temps à la Légion ou à la Holt Tavern le samedi soir. Dans ces cas-là nous ne manquions pas de l'observer. Chaque fois, elle s'installait tranquillement toute seule dans un box en angle, sirotant tout doucement une boisson sirupeuse pendant que les glaçons fondaient dans son verre, diluant la liqueur rose qui n'était plus dès lors que de l'eau colorée, pendant que Burdette (dont le mariage n'avait en rien changé à la personnalité ; dont le mariage n'avait eu pour effet que de changer sa compagne de week-end sans vraiment modifier son programme du samedi soir, cette tradition masculine incontournable) se tenait loin d'elle au bout du comptoir, à boire du bourbon ou du scotch, perpétuellement entouré de son groupe d'admirateurs qui lui tapaient dans le dos et qui s'esclaffaient, tandis qu'il racontait ses éternelles blagues et autres anecdotes.

Mais ce n'était pas très fréquent ; on ne la voyait pas souvent. Jessie Burdette n'était pas une adepte des sorties dans les bars. Néanmoins, quand elle sortait, elle était toujours agréable et elle vous répondait si vous lui adressiez la parole, mais elle-même ne vous parlait jamais de son propre chef. Non, elle semblait préférer rester tranquillement assise à siroter son breuvage délayé en regardant les autres s'amuser, même si elle ne comprenait pas forcément ce qui pouvait les amuser.

En attendant, les femmes du pays s'étaient mises à s'intéresser à elle, à lui accorder une attention toute particulière. Je suppose qu'elles voulaient se montrer chaleureuses. Les femmes de la ville commencèrent à lui proposer de se joindre à leurs associations amicales et à leurs organisations paroissiales. Voulait-elle venir prendre le thé, adhérer au cercle de Rebecca, jouer au bridge, s'inscrire aux Auxiliaires de la Légion, jouer au golf avec elles le samedi matin, à moins qu'elle ne veuille participer aux séances d'exégèse biblique ?

Mais non, elle ne voulait pas, leur répondait-elle. Son refus était catégorique, même si, quand les femmes venaient la solliciter, elle se montrait d'une grande amabilité. Elle restait cependant inébranlable.

Alors les femmes se sentirent un peu vexées, elles se sentirent vaguement rejetées. Ces rebuffades les déconcertaient. Pourtant, un ou deux mois plus tard, elles décidèrent de revenir à la charge. Il lui fallait seulement plus de temps, s'assurèrent-elles mutuellement ; elle se montrait simplement polie. Elle voulait sans doute attendre de s'adapter davantage et de trouver ses repères, comme il est naturel quand on emménage dans une ville inconnue. Avec le temps, elle changerait d'avis. Au cœur de l'automne, en cette première année, les femmes repartirent à l'assaut.

Là encore Jessie refusa leurs invitations, repoussant pour la deuxième fois leurs marques de bon voisinage et de civilité. Elle n'avait pas du tout changé d'avis, finalement. Elle eut beau se montrer à nouveau des plus cordiales avec elles, à sa manière si paisible et si agréable, elle demeura toutefois absolument intraitable. Ça ne l'intéressait pas le moins du monde.

Là, les femmes ne furent pas seulement déconcertées. Elles s'estimèrent offensées. Elles étaient mortifiées par son refus. Dès lors, elles cessèrent de proposer à Jessie Burdette de participer à quoi que ce soit.

En mars 1973, presque deux ans après son arrivée en ville, elle eut un bébé. Elle mit au monde un petit garçon qu'elle appela Thomas John. Par la suite, quand ce prénom se révéla trop compliqué à prononcer, elle l'abrégea en T J. C'était un beau petit garçon. Il avait les cheveux bruns de sa mère et les mêmes yeux marron si graves et si attentifs. En les voyant sur Main Street, on ne pouvait pas douter de la passion qu'elle éprouvait pour lui. Elle était folle de lui. On les voyait tous les deux : elle, petite, discrète et à nouveau mince après sa grossesse, poussant ce superbe petit garçon dans sa voiture d'enfant, entrant avec lui dans les boutiques, l'air aussi heureux tous les deux que si rien d'autre ne comptait. Elle lui souriait, elle lui parlait d'une voix douce comme s'il était déjà capable de comprendre ce qu'elle disait. Ensuite, quand il fut un peu plus grand et que ce fut l'été, on commença à les apercevoir devant leur maison de Gum Street (Burdette avait en effet versé un petit acompte pour l'achat d'une maison de trois pièces qui se trouvait dans le centre de la ville, à côté des voies ferrées) – cette jeune mère et son petit garçon jouant tous les deux sur une couverture déployée sur la pelouse, à l'ombre de l'orme et du micocoulier. T J avait un peu plus d'un an lorsque Jessie mit au monde un deuxième enfant.

C'était là encore un garçon. Appelé Robert et surnommé Bobby, il était la quasi-réplique de son frère aîné : un splendide petit garçon avec les mêmes cheveux bruns et les mêmes yeux marron attentifs. Elle l'adorait lui aussi. Elle était folle de ses deux fils.

Ils étaient donc trois désormais à susciter la curiosité générale. Trois à remarquer sur Main Street ou à observer dans le jardin devant leur maison, s'amusant sur la pelouse ou construisant dans la terre à l'aide de brindilles de petits enclos avec des vaches et des chevaux miniatures – cette jeune femme que personne ne connaissait encore un tant soit peu, qu'on s'était représentée tout d'abord sous les traits d'une pin-up, une Marilyn Monroe ou une Jayne Mansfield d'Oklahoma dotée d'une poitrine voluptueuse et d'une taille de guêpe au-dessus de jambes interminables et de hanches généreuses, mais qui, tout compte fait, n'avait rien à voir avec cette image.

C'est ainsi que s'amplifia à Holt une sorte de mystère autour de Jessie Burdette. Aucun d'entre nous ne savait que penser d'elle. Qui était-elle, au fond ? Nous ne le savions pas. On aurait dit un superbe oiseau exotique qui avait fait escale à Holt un jour de printemps puis qui avait décidé de rester – mais un oiseau qui semblait n'avoir besoin de rien ni de personne pour subsister.

Pendant cinq ans elle vécut donc en autarcie presque totale. Elle vivait simplement là, dans une ville de trois mille habitants où tout le monde connaissait tout le monde. Et où personne ne la connaissait.

Puis tout changea, pour elle comme pour ceux d'entre nous qui continuions à l'observer. À cause de son mari. Le dernier jour de décembre 1976, dans le milieu de l'après-midi, Jack Burdette disparut. Et il ne revint à Holt que très longtemps après, alors qu'avaient déjà été causés des dégâts considérables.

7.

Au début, les gens de Holt ne furent pas inquiets de sa disparition. Au contraire, ils en furent plutôt amusés. Ils y voyaient une sorte de blague, une autre de ses subites excentricités qu'à la longue on expliquerait, ou en tout cas accepterait, comme un épisode supplémentaire de la légende persistante qui le suivait dans cette ville.

Il était parti depuis environ une semaine, et la nouvelle commença à se répandre – à la boulangerie, dans les salles de billard, à la taverne, enfin partout où les gens bavardaient – qu'il avait laissé plusieurs ardoises sur Main Street avant de s'en aller.

Nous apprîmes que ce vendredi après-midi-là, dernier jour de décembre, il était entré dans la bijouterie Foster et que, après avoir regardé plusieurs bagues pour homme et autres montres de gousset à l'ancienne, il avait choisi la montre-bracelet Bulova en or 14 carats la plus chère du magasin. Et il ne l'avait pas payée ; il s'était contenté de signer un reçu à Lloyd Foster. Puis, après avoir quitté la bijouterie avec sa nouvelle montre en or au poignet, il s'était rendu à côté faire la même chose chez Ralph Bird.

Là, à la Boutique pour Hommes, il avait fait mettre sur son compte une veste sport de teinte bordeaux et un beau pantalon de laine gris, une ceinture en cuir et trois chemises en oxford à manches longues. Ces ventes avaient si fortement réjoui Ralph Bird (qui n'espérait pas conclure la moindre affaire au cours de cette période creuse suivant la bousculade de Noël) qu'il avait décidé, largesse inhabituelle, de faire cadeau à son client d'une superbe cravate à rayures.

Burdette l'avait remercié. Il avait donné à Ralph une tape dans le dos et signé de son nom un autre reçu. Puis il était sorti de la Boutique pour Hommes avec sur lui la veste, le pantalon, la ceinture et une des chemises, tandis que tous les autres articles (les deux autres chemises, la cravate gracieusement offerte et ses vieux vêtements) avaient été fourrés dans un sac en plastique du magasin. Une fois dehors, il avait marché jusqu'au croisement pour rejoindre le Grand Magasin Schulte.

Nous découvrîmes qu'il n'avait pas eu tout à fait le même succès là-bas. La vieille Mme Thompson se trouvant être la seule employée disponible à ce moment-là, ce fut elle qui s'occupa de lui. En termes sans équivoque, elle indiqua à Burdette que le magasin avait des limites très strictes concernant le crédit concédé à ses clients. Burdette prit la chose de travers.

« Mais enfin voyons, s'insurgea-t-il. Vous me connaissez. Vous savez qui je suis.

— Justement, lui répondit Mme Thompson. Pour ça oui, j'ai entendu parler de toi, et ce depuis l'époque où tu n'étais qu'un affreux garnement. Ta mère est une amie à moi. »

Chez Schulte, ce vendredi après-midi-là, Burdette fut donc quelque peu refréné dans ses emplettes ; on ne l'autorisa à mettre sur son compte qu'une paire de chaussettes noires et un caleçon bleu. Avant de quitter le magasin, il n'avait pas osé enfiler les chaussettes et le caleçon pour les porter dans la rue : Mme Thompson ne le lâchait pas du regard.

En dépit de ces nouvelles histoires sur Burdette que tout le monde en ville entendit puis répéta, les gens de Holt n'étaient toujours pas inquiets. Ils continuaient d'être amusés par sa disparition et par sa frénésie d'achats d'après Noël. Nombre de plaisanteries circulèrent d'ailleurs aux dépens de Lloyd Foster et de Ralph Bird. Les gens disaient qu'ils auraient l'un comme l'autre eu intérêt à embaucher Mme Thompson dans leur magasin. Ils disaient que Mme Thompson leur aurait au moins permis de réduire leurs pertes.

Mais bientôt cette première semaine de disparition se changea en une deuxième semaine. Peu à peu les plaisanteries dans la boulangerie, les salles de billard et la taverne prirent un tour éculé et il commença à se trouver d'autres personnes à Holt, en plus de Ralph

Bird et de Lloyd Foster, pour douter que Burdette réapparaisse un jour. Personne n'avait aucune idée de l'endroit où il était, et pas une âme dans le comté n'arrivait à comprendre ce qui pouvait le retenir de rentrer.

C'était la mi-janvier à présent. Par une fin d'après-midi, un vendredi, Jessie Burdette débarqua dans le bureau du *Holt Mercury*. Il avait neigé et maintenant il faisait très froid dehors. Il n'y avait pas beaucoup de circulation sur Main Street et le vent faisait voltiger les amas de flocons vaporeux le long du trottoir. Au-dessus des devantures de magasins, il commençait à faire noir.

Jessie Burdette débarqua au *Mercury* juste avant cinq heures. Elle était accompagnée de ses deux petits garçons. TJ avait presque quatre ans à l'époque et Bobby presque trois. Tous trois étaient emmaillotés dans leurs habits d'hiver, les garçons en combinaisons matelassées assorties et Jessie dans un manteau de laine bleu marine qui flottait encore suffisamment pour qu'elle puisse le boutonner sur son ventre. Car, même si nous ne le savions pas, elle était de nouveau enceinte ; elle était déjà dans son quatrième mois. Une fois dans le bureau, elle installa ensemble TJ et Bobby sur un fauteuil en bois contre le mur. Les petits garçons étaient plus beaux que jamais et leurs joues étaient rouges. Elle descendit la fermeture

Éclair de leurs combinaisons et lissa en arrière les mèches qui leur tombaient sur le front. « Maintenant vous ne bougez pas, s'il vous plaît », leur ordonna-t-elle. Elle gagna ensuite le comptoir où elle attendit Mme Walsh.

Mme Walsh était la réceptionniste du journal. Mon père l'avait embauchée vingt ans plus tôt comme secrétaire de rédaction, et elle était restée toutes ces années bien que mon père lui-même eût pris sa retraite en 1970 en me confiant les rênes du journal. Mme Walsh se leva de son bureau et rejoignit le comptoir. De l'autre bout de la pièce, je l'observai qui parlait à Jessie Burdette.

« Oui ? dit Mme Walsh. Puis-je vous aider ?

— Je veux faire passer quelque chose dans le journal.

— Il s'agit d'une annonce ?

— Non. Ce n'est pas une annonce.

— Les annonces coûtent cinquante *cents* la ligne.

— Mais il ne s'agit pas d'une annonce.

— Alors de quoi s'agit-il ? Vous avez le texte avec vous ? »

Je vis Jessie Burdette plonger la main dans sa poche de manteau et en sortir une feuille provenant d'un bloc de papier jaune. Elle se mit à la déplier sur le comptoir. Lorsque la feuille fut complètement dépliée elle la fit glisser sur le comptoir en direction de Mme Walsh.

Mme Walsh s'en empara et l'approcha de son visage sous la lampe. Elle la reposa aussitôt, se redressant avec raideur.

« Mais enfin, s'exclama-t-elle, nous ne pouvons pas publier ça. C'est… Nous ne pouvons pas publier ça.

— J'ai l'intention de payer, dit Jessie. Est-ce que le problème est là ?

— Non, le problème n'est pas là.

— Alors où est le problème ? Pourquoi ne pouvez-vous pas publier ce texte ?

— Il est tout bonnement impubliable. »

Regardant dans la pièce derrière Mme Walsh, Jessie posa les yeux sur Betty Lucas qui tapait à la machine à son bureau, puis sur moi.

« Y a-t-il quelqu'un d'autre à qui je puisse parler ? demanda-t-elle.

— Comment ?

— Je voudrais parler à quelqu'un d'autre, s'il vous plaît.

— Mais on vous dira la même chose que moi.

— Et M. Arbuckle ? C'est lui le rédacteur en chef, non ?

— M. Arbuckle est occupé.

— J'aimerais lui parler.

— Mais je viens de vous l'expliquer. Il est occupé.

— D'accord, mais voulez-vous bien lui demander de venir ? »

Je me levai de mon bureau et traversai la pièce pour me rendre au comptoir. Mme Walsh s'était mise à trembler. Les veines sombres sur ses tempes palpitaient sous ses cheveux blancs. « Quelque chose ne va pas, madame Walsh ?

— Cette jeune femme s'imagine que nous allons publier cette chose dans le journal.

— De quoi s'agit-il ?

— Tenez. Lisez donc. Moi je refuse. »

Elle me tendit la feuille jaune.

« Merci, madame Walsh, dis-je. Peut-être pouvez-vous attaquer la fermeture, maintenant. »

Elle fit demi-tour et alla se rasseoir à son bureau. Je l'entendais s'agiter dans mon dos. Elle était dans tous ses états. Elle s'était mise à chuchoter en direction de Betty Lucas.

Je lus ce qui figurait sur la feuille. C'était un bref communiqué. Il avait été rédigé au crayon et le papier sur lequel il était écrit avait été plié un grand nombre de fois, en petits carrés, et la page en bordure était tout usée et toute mâchée comme si Jessie la promenait dans sa poche depuis une semaine en attendant le moment propice pour l'apporter au journal. Je contemplai Jessie. Ses yeux étaient d'un marron intense et ses joues étaient encore rouges d'avoir été dehors dans le froid. Je la trouvais extrêmement belle. Il y avait de petits flocons de neige sur les épaules de son manteau bleu.

« Oui, dis-je. J'ai appris que votre mari était parti. Je suppose que nous sommes tous au courant de ça. Mais si je comprends bien, vous non plus, vous n'avez toujours pas de nouvelles de lui. C'est de ça qu'il s'agit ?

— En effet. Je n'ai pas de nouvelles de lui.

— Où est-il, d'après vous ?

— Je ne sais pas. Je n'ai pas la moindre idée de l'endroit où se trouve Jack Burdette.

— Vous avez averti la police, quand même ?

— Oui. Mais hier il y avait une facture dans le courrier.

— Une facture ?

— Pour des vêtements qu'il aurait achetés, expliqua Jessie. Alors j'ai rappelé la police pour les prévenir qu'ils pouvaient arrêter les recherches. Sa disparition n'est pas accidentelle.

— Je vois. Ou du moins, je crois. »

Car il me semblait désormais évident, ayant lu ce qu'elle avait écrit sur la feuille de papier jaune, qu'elle avait pris la pleine mesure des ardoises que Burdette avait laissées sur Main Street, mais aussi de ce que ces ardoises impliquaient quant à sa disparition. Elle n'avait pas eu besoin d'assister aux blagues et aux ragots qui avaient fusé dans la boulangerie ni de constater personnellement l'inquiétude grandissante qui étreignait les gens : elle semblait comprendre parfaitement ce que ces choses-là allaient signifier pour elle à Holt en tant que femme de Burdette.

Je regardai dehors un instant. Sur Main Street il faisait nuit noire à présent. Les réverbères s'étaient allumés et il s'était remis à neiger. Derrière moi Mme Walsh et Betty Lucas avaient commencé à enfiler leurs manteaux, s'apprêtant à rentrer chez elles pour la soirée. J'attendis qu'elles aient quitté le bureau par la sortie de derrière, puis je me retournai vers Jessie.

« Je me demande, madame Burdette, repris-je, je me demande si cela n'est pas un peu radical ? Après tout, il se peut qu'il revienne. Vous ne croyez pas ? Peut-être est-il simplement parti en vacances.

— Non, dit-elle. Je ne le crois pas. J'ai arrêté de le croire. Ça fait deux semaines qu'il est parti.

— Oui. Mais deux semaines, ce n'est pas toute une vie.

— C'est déjà assez long.

— Vous tenez donc toujours à ce que je publie ce texte dans le journal ? Vous y tenez vraiment ? » Elle se mit à fourrager dans son sac.

« Combien je vous dois ?

— Allons, attendez une minute ! m'écriai-je. Je n'ai pas encore dit que j'acceptais. »

Elle me dévisagea. Ses yeux étaient très grands et très foncés. Je m'emparai une nouvelle fois du message au crayon, le relisant tandis qu'elle se retournait pour vérifier que les deux petits garçons étaient assis tranquillement sur le fauteuil derrière elle. Ils l'observaient comme deux oisillons.

« Eh bien, soit… déclarai-je enfin. Je vais publier ce texte. Même si je ne pense pas que ça vous serve à grand-chose. En fait, je crains que ça ne vous cause beaucoup de tort en ville. »

Elle ne voulut pas en démordre. Attrapant un formulaire sur l'étagère située sous le comptoir, j'y recopiai mot pour mot son message, puis elle me régla le montant correspondant.

Il fallait réharnacher T J et Bobby pour retourner dehors. Les deux enfants trônaient solennellement devant elle tandis qu'elle s'agenouillait pour remonter la fermeture Éclair de leurs combinaisons ; elle les aida à enfiler leurs moufles.

Debout derrière le comptoir, je l'observais. Son manteau bleu tombait impeccablement sur ses hanches et ses cheveux bruns étaient magnifiques.

« Écoutez, dis-je, me permettez-vous de vous raccompagner en voiture avec vos enfants ? Je pars maintenant de toute façon. »

Elle regarda par la vitrine. Dehors le temps s'était détérioré : il neigeait plus fort et, avec le vent, dans la rue, les flocons volaient à l'horizontale.

« Si ça ne vous dérange pas. Ça m'ennuierait qu'ils se refroidissent à nouveau.

— Je vais chercher mon manteau. »

C'est ainsi qu'elle m'autorisa à les raccompagner jusqu'à Gum Street cette première fois, parce qu'il neigeait et parce qu'il faisait froid dehors. Je ne me rappelle pas que nous nous soyons dit quoi que ce soit d'important. TJ était assis entre nous sur la banquette tandis qu'elle tenait Bobby sur ses genoux, et durant les six ou sept pâtés de maisons que représentait le parcours, il est bien possible que l'un de nous se soit débrouillé pour émettre une remarque sur les congères qui s'accumulaient. Ce fut un trajet silencieux non dépourvu de malaise. Mais lorsque je m'arrêtai le long du trottoir pour les laisser descendre, je me rappelle l'avoir regardée guider les garçons sous la neige vers leur petite maison, et je me souviens de l'allure qu'elle avait dans son manteau bleu quand elle ouvrit la porte, tout comme de l'allure qu'avait la maison une fois qu'elle eut allumé les lumières. Je repris alors la route vers ma propre maison, où Nora et Toni m'attendaient pour dîner. Mais la pensée de dîner ne me réjouissait guère à ce moment-là, pas plus que celle de rentrer chez moi ni même celle de ma femme et de ma fille. Je devais être déjà un peu amoureux de Jessie Burdette.

Dans le courant de la semaine suivante, je passai donc son communiqué comme une sorte d'encart publicitaire en dernière page du *Holt Mercury*, exactement comme elle l'avait souhaité. Je le fis figurer à côté des horaires des offices dominicaux et des notices nécrologiques de deux vieux résidents du comté de Holt. Le communiqué disait : *Je ne suis pas responsable de ce que Jack Burdette a fait ou fera. C'est un vaurien. Peu importe ce que les gens disent. C'est un fumier et maintenant je m'en fiche.*

J'avais mes propres raisons pour passer ce communiqué.

Cette déclaration publique de Jessie Burdette suscita en ville un véritable émoi lorsque les gens le lurent. Mon père m'appela au téléphone pour me dire que j'étais fou de publier un truc pareil. Qu'est-ce que je fabriquais ? Ce n'était pas professionnel, dit-il ; c'était une erreur commerciale. Nous étions dans le comté de Holt, dans le Colorado, pas à San Francisco, en Californie. Est-ce que, d'après moi, il m'avait confié le journal pour que je le mette en faillite ?

Chose prévisible, d'autres gens en ville partageaient ce sentiment, même si leur contrariété et leurs objections relevaient plus de considérations morales que de quelconques préoccupations pratiques. Parmi les femmes d'un certain âge, quelques-unes furent particulièrement scandalisées : elles écrivirent des lettres au rédacteur en chef pour déplorer l'apparition de jurons dans le *Holt Mercury*. Elles n'aimaient pas ça, pas plus les jurons que l'étalage public de sentiments exacerbés et, résultat des courses, un bon nombre de ces femmes résilièrent leur abonnement.

Cependant, le choc causé par le communiqué de Jessie cette semaine-là dans le comté de Holt fut vite oublié. C'était un incident mineur en comparaison de ce qui se passa dans les semaines et les mois qui suivirent. Et ces événements furent eux aussi mentionnés dans les pages du journal.

À peu près à cette époque, un autre petit incident vint faire écho sur le mode mineur à ce qui avait été publié dans le *Mercury*. La chose avait un lien avec la mère de Jack Burdette.

La mère de Jack était maintenant une femme terriblement âgée : les cheveux gris, très maigre et encore plus sévère qu'autrefois, elle continuait à habiter seule dans sa maison de North Birch Street et à fréquenter l'église catholique le dimanche matin quand elle était en état de s'y rendre. Alors que son fils avait disparu depuis environ un mois, plusieurs hommes de la ville, mus par un de ces élans désespérés d'absurdité masculine – car aucune femme n'aurait un instant envisagé une démarche pareille –, décidèrent de passer voir la vieille Mme Burdette pour lui poser quelques questions. Ils pensaient que ça vaudrait la peine d'aller lui demander si elle avait eu des nouvelles de son fils. Ils espéraient, au minimum, qu'elle serait à même de leur préciser où il était parti.

Aussi un après-midi gravirent-ils le perron de la vieille dame et sonnèrent-ils à sa porte. Mais, une fois qu'elle leur eut ouvert, Mme Burdette ne leur proposa pas d'entrer. Elle resta simplement à l'intérieur, dans la pénombre de son vestibule, à écouter leurs questions et leur bla-bla ridicule derrière sa porte entrebâillée. Ils s'escrimaient à lui expliquer les raisons de leur visite. Puis ils interrompirent leur discours ; elle n'avait toujours rien dit. Elle s'était contentée de les regarder fixement derrière ses impeccables petites lunettes à monture métallique, examinant leurs visages un à un. Elle n'avait pas l'air de comprendre de quoi ils lui parlaient et semblait n'en avoir rien à faire. Exaspéré, un des hommes s'écria : « Enfin, voyons, madame Burdette, vous savez bien que Jack est parti, n'est-ce pas ? Vous lisez bien le journal local ? Allons, c'était dans le *Mercury*. Vous n'avez pas vu les articles ? »

Quand elle prit enfin la parole, sa voix avait une sonorité à la fois dure et rouillée, comme si elle ne s'en était pas servie depuis des jours. « Je ne suis pas au courant de vos histoires de journaux. D'ailleurs je n'y tiens pas. Je ne lis que la Bible. »

Et elle leur referma la porte au nez. Ils l'entendirent qui poussait les verrous. Puis ils perçurent le faible bruit de ses pas qui s'éloignaient dans les profondeurs de la maison silencieuse. Les hommes se retrouvèrent plantés là sous la véranda. Ils se sentaient tout bêtes. Ils s'entre-regardèrent, puis ils dévalèrent l'escalier à toute vitesse comme des petits garçons qui auraient fait une bêtise.

Quoi qu'il en soit, à la fin du mois de janvier, l'inquiétude à Holt avait peu à peu cédé la place au désarroi et à la peur. Les gens avaient fini par craindre qu'il ne soit arrivé quelque chose de grave à Jack Burdette et cette pensée les perturbait. Ils avaient toujours de l'affection pour lui et, à l'idée qu'il lui soit arrivé quelque chose de grave, ils se sentaient tout à coup moins tranquilles dans leur coin du Colorado. La police avait commencé à diffuser des bulletins d'alerte générale, dans l'espoir de le dépister. Mais rien n'y fit. Burdette avait disparu sans laisser de trace.

Pendant ce temps-là, à la Coopérative agricole, c'était une véritable pagaille. Sans Burdette pour diriger le silo au quotidien, rien n'était fait convenablement, et Arch Withers et les autres administrateurs étaient tout désemparés. En fin de compte, ils se résolurent à demander à Doyle Francis de revenir. Ils voulaient que Doyle reprenne la tête de l'entreprise, sur une base provisoire, de manière que les livraisons de maïs et de blé puissent être relancées normalement, en attendant que Burdette ressurgisse, ou que… eh bien, qu'ils se voient obligés de recruter un remplaçant. Toutefois, ils refusaient de croire qu'il faudrait en arriver là.

Puis, vers la mi-février, ce sentiment latent de désarroi et de crainte qui régnait à Holt se changea soudain en hostilité et en indignation. Car, à ce moment-là, Doyle Francis avait eu amplement le loisir d'éplucher les comptes de la Coopérative. Or, en parcourant les registres, il avait découvert que quelque chose n'allait pas. Il avait convoqué une réunion extraordinaire des administrateurs afin de leur soumettre le problème. C'était un mardi après-midi.

« Bon Dieu de bon Dieu ! les apostropha-t-il quand ils furent assemblés devant lui dans son bureau. Enfin merde, les enfants, où aviez-vous la tête ?

— Que veux-tu dire ? demanda Arch Withers.

— Vous n'avez même pas vérifié ce qu'il fabriquait ? Vous n'avez même pas pensé à regarder ces comptes vous-mêmes ?

— Bien sûr que si. On les a regardés. Charlie Soames les a passés en revue chaque année avec nous. Et Jack Burdette aussi. Qu'est-ce qui ne va pas ?

— Beaucoup de choses, répondit Doyle.

— Quoi, par exemple ?

— Par exemple ça, nom de Dieu ! s'exclama Doyle en désignant les registres étalés devant lui sur le bureau. D'après mes calculs, il vous manque à peu près cent cinquante mille dollars. Voilà ce qui ne va pas.

— Quoi ? Attends un peu. Tu veux dire…

— Je veux dire que c'est seulement l'estimation d'un vieux birbe. Et la chose dure depuis trois ou quatre ans.

— Enfin voyons, qu'est-ce qui s'est passé ? Mais de quoi tu parles ? »

Doyle le leur expliqua. Avec rigueur et minutie, il décrivit aux hommes assis en face de lui ce qui était arrivé, comment les comptes avaient été trafiqués, comment ils avaient été falsifiés par quelqu'un qui savait ce qu'il faisait. Oh, mais juste un peu, au début, précisa Doyle en indiquant les pages de chiffres délicatement tracés, puis pour des montants de plus en plus élevés au fil des mois. Et tout ça de façon très intelligente, par un habile tour de passe-passe, comme pourrait le faire un expert-comptable certifié s'il était animé d'intentions criminelles. Doyle souligna qu'il avait mis des jours à comprendre comment ils s'y étaient pris. Mais il avait fini par piger. « Pas de doute, c'était adroit, commenta-t-il. Je dois leur concéder ça. »

Silencieux, les hommes restèrent assis à contempler les registres ouverts sur le bureau. Ils se tordaient les doigts et évitaient de se regarder les uns les autres. Quant à Doyle Francis, il se carra dans son fauteuil en les observant.

Finalement Arch Withers demanda :

« Bon. Si ce que tu dis est vrai, qui a fait ça ? Qui c'est, "eux" ?

— Quoi ?

— Tu as dit "leur" concéder ça. À qui tu penses par là ?

— D'après toi, à qui ?

— Bon Dieu, comment je le saurais ? Tu veux dire Charlie Soames ?

— Pourquoi pas ? Charlie s'occupait de la comptabilité, non ? Il s'occupait de la comptabilité du temps où j'étais là et j'imagine que vous l'avez gardé après mon départ.

— L'enfoiré ! s'exclama Bob Wilcox. (Wilcox était le benjamin de l'assemblée.) Le vieux salopard, il…

— Et Burdette ? dit Withers, l'interrompant. Et lui ? Il trempait aussi dans la magouille ?

— Bien sûr que oui. Vous ne trouvez pas que c'est évident ? Pourquoi serait-il allé acheter ces nouveaux vêtements sur Main Street pour ensuite disparaître et ne plus jamais rentrer chez lui ?

— Nom de Dieu ! s'écria Wilcox. Quel enfoiré, celui-là aussi. On devrait…

— Tais-toi, dit Withers. Il est trop tard pour piquer une crise.

— C'est vrai, renchérit Doyle. Il est trop tard pour beaucoup de choses. Sauf que je crois que Charlie est toujours en ville, non ?

— Oui, il est toujours en ville.

— Alors j'irai le chercher, si personne n'y va. J'irai chercher ce…

— Bordel ! s'énerva Withers. Je t'ai déjà dit de la fermer. Alors maintenant tu la fermes. (Le jeune Bob Wilcox s'apprêtait à ajouter quelque chose, mais

Withers le fusilla du regard. Wilcox pinça les lèvres et Withers se tourna à nouveau vers Doyle Francis.) Bon, alors qu'est-ce que tu suggères ? Apparemment tu y as réfléchi.

— Oh, que oui, j'y ai réfléchi ! répondit Doyle. Je n'ai quasiment fait que ça ces quinze derniers jours.

— Et conclusion ? Tu as l'intention de nous dire quoi faire, oui ou non ?

— Il n'y a qu'une seule chose à faire. On laisse le bureau du shérif s'en occuper. On appelle Bud Sealy ; on lui dit d'aller chez Charlie Soames, de l'arrêter et de l'enfermer, puis on attend le procès. Qu'est-ce qu'on peut faire d'autre ?

— Mais il reste toujours la question de l'argent, non ? Et l'argent ?

— Quoi, l'argent ?

— Enfin, bon sang ! C'était notre argent. On est actionnaires et tout cet argent, c'était le nôtre.

— Bien sûr, dit Doyle. Vous pourrez toujours raconter ça au juge, à l'occasion. Mais je ne crois pas que ça vous le rendra. Jack Burdette est parti depuis un mois et demi et Dieu seul sait où il est allé. En tout cas, où qu'il soit, il a déjà commencé à dépenser le magot. Vous pouvez compter là-dessus. »

Le silence se fit à nouveau tandis que les hommes comprenaient la situation. Ils regardaient, pleins de haine, les livres comptables sur le bureau de Doyle.

Au bout d'un moment, Arch Withers s'échauffa une fois encore.

« Alors, vas-y, qu'est-ce que tu attends ? Passe ce putain de coup de fil. Appelle Bud Sealy.

— Non, répondit Doyle Francis. Je ne crois pas que je vais m'en charger. Je crois que c'est à l'un d'entre vous de l'appeler. Maintenant vous vous dépatouillez. J'en ai ma claque de réfléchir à ce merdier. »

Ce fut donc Arch Withers, à titre de président du conseil d'administration de la Coopérative agricole, qui appela Bud Sealy depuis le bureau du directeur ce mardi après-midi-là, alors que les registres étaient toujours étalés sur le bureau devant lui et que Doyle Francis et les autres ne le quittaient pas du regard.

Résultat, ce même après-midi, Bud Sealy procéda à l'arrestation de Charlie Soames chez lui dans Cedar Street, où Soames avait un petit bureau à l'arrière de sa maison. Sealy alla là-bas en voiture, gara son véhicule et frappa à la porte. Il fut accueilli par Mme Soames. C'était une vieille femme émotive aux seins lourds et aux bras charnus. Elle conduisit le shérif au petit bureau de Charlie et s'immobilisa sur le seuil.

Lorsque Sealy pénétra dans la pièce – aussi impeccable et rangée qu'à l'accoutumée – Charlie Soames paraissait l'y attendre. Assis les mains jointes à sa table de travail, il semblait avoir tout mis en ordre. On aurait cru qu'il s'était préparé à l'arrivée de Sealy, qu'il était content que ce soit enfin terminé.

« Alors, comme ça, vous savez, dit Soames.

— Ouais. Je viens de recevoir un coup de fil d'Arch Withers.

— Il leur en a fallu du temps. Je m'attendais à vous voir il y a un mois.

— Eh bien, me voilà. Vous êtes prêt ?

— Oui.

— Prêt ? intervint Mme Soames. Prêt pour quoi ? (Elle se tenait toujours sur le seuil, très agitée. Ses cheveux tranchaient avec le rose de son crâne.) Où l'emmenez-vous ?

— Votre mari s'est mis dans de sales draps.

— Mon mari ? Que voulez-vous dire ? Qu'est-ce qu'il a pu fabriquer ?

— Pas mal de choses, répondit le shérif. Allons, vous feriez peut-être mieux d'aller dans l'autre pièce une minute.

— Pas question que j'aille dans l'autre pièce. Alors il a fait des bêtises. Le vieil imbécile ! Il a fait des bêtises et maintenant qu'est-ce que je suis censée faire ?

— Primo, dit Sealy, vous allez commencer par vous taire.

— Je n'ai rien fait. Vous ne pouvez pas me donner des ordres dans ma propre mai…

— Si. Vous allez vous taire. Sinon je vous bâillonne. »

Mme Soames lança un regard noir au shérif. « Vous n'oseriez pas. Vous n'oseriez pas toucher une dame.

— Insistez, vous verrez. »

Il fit un pas vers elle et elle recula.

« Oh ! » Elle poussa un cri perçant. Sealy referma la porte sur elle. Ils l'entendirent fulminer. Au bout d'un moment les ronchonnements cessèrent.

« Voilà qui est mieux », commenta le shérif en se retournant vers le mari.

Charlie Soames n'avait pas bougé de son fauteuil derrière sa table de travail impeccable. C'était comme s'il avait également prévu ça. Il se leva et Sealy lui dit qu'il avait le droit de garder le silence. Le shérif passa une paire de menottes autour des maigres poignets du comptable. Ils sortirent du petit bureau bien rangé et traversèrent la maison. Mme Soames les attendait dans la salle à manger ; elle suivit les deux hommes en direction du vestibule. Lorsqu'ils s'arrêtèrent à la porte pour que le shérif puisse l'ouvrir, Mme Soames se remit à hurler. Elle se jeta sur son mari et commença à le rosser, le frappant au visage et au cou. Soames s'écroula sous les gifles de sa femme. Elle le frappa à la tête. Finalement Bud Sealy se glissa entre eux, repoussant Mme Soames.

« Ça suffit. Non mais, qu'est-ce qui vous prend ? Bon Dieu, arrêtez ça tout de suite ! »

Il souleva le vieil homme par le bras et ils sortirent de la maison. Mme Soames les suivit sur le perron. Elle resta là à contempler d'un œil furieux la voiture qui s'éloignait.

Lorsqu'ils arrivèrent au siège du comté, Sealy emmena Charlie Soames au sous-sol dans le bureau du shérif où il l'inculpa pour le détournement de fonds qui avait eu lieu à la Coopérative. Après lui avoir pris ses empreintes, il le conduisit dans une cellule. Il resta avec lui tandis que le vieil homme s'asseyait sur la couchette. Soames avait l'air rabougri et fatigué. Mais il n'était pas encore tout à fait vaincu.

« Alors, commença le shérif. Vous voulez me raconter ?

— Qu'y a-t-il à raconter ?

— Oh, il doit bien y avoir quelque chose.

— Vous voulez dire que vous voulez des aveux officiels ?

— Quelque chose comme ça.

— Que voulez-vous savoir ?

— Eh ben… Pour commencer – simple curiosité – enfin merde, pourquoi vous avez pas fichu le camp vous aussi ? Vous auriez pu, non ?

— Vous voulez dire pourquoi je ne suis pas parti ?

— Ouais. Comme Jack Burdette. Vous et Burdette, vous étiez de mèche dans ce coup-là, non ?

Pourquoi vous ne vous êtes pas tiré en même temps que lui ? Vous auriez pu partir avec lui.

— Lui… répéta Charlie Soames. (Le nom de Burdette sembla réveiller quelque chose en lui. Il se redressa sur sa couchette, tout à coup très nerveux.) Ah, cet homme… ce…

— Quoi, cet homme ?

— Il ne m'avait même pas prévenu qu'il partait. Nous nous étions mis d'accord. Il m'avait promis. Il n'était pas censé partir déjà. Et il…

— Ça c'est sûr… l'interrompit Sealy. "Et il…"

— Vous ne comprenez pas.

— Ah non ?

— Non. Parce qu'on attendait que la somme atteigne les deux cent mille dollars. Voilà pourquoi. Pourtant je n'arrêtais pas de lui répéter qu'on aurait intérêt à partir tout de suite. Je lui disais qu'il fallait qu'on prenne le magot et qu'on décanille. Avant que les vérificateurs s'en aperçoivent, je lui disais. Ils commençaient à avoir des soupçons. Je le voyais bien. Je le savais. J'ai essayé de lui dire. Mais, bon Dieu, ce sagouin n'arrêtait pas de répéter : "Juste cinquante mille de plus. Juste cinquante mille de plus." Comme si c'étaient des billets de Monopoly ou une blague dans ce genre. Ah, il ne mesurait pas les risques. Il ne mesurait rien du tout. Dire que c'était son idée à lui depuis le début. Je l'ai laissé m'embobiner. N'empêche que c'était moi qui devais tenir la comptabilité, pas vrai ? Pas lui. Et il n'arrêtait pas de me promettre : "Attends qu'on arrive à deux cent mille, alors on se fera la belle tous les deux." Voilà ce qu'il disait. On s'était mis d'accord là-dessus. Il m'avait promis. Et il…

— Ouais. Eh ben… espèce de pauvre crétin de vieil enfoiré. On dirait que t'as pas été prévenu de son départ, toi non plus.

— Je croyais pouvoir lui faire confiance.

— Bien sûr. Sauf que t'étais pas le seul en ville à croire ça, apparemment.

— Il n'empêche, je lui faisais confiance. Et qu'est-ce que j'allais faire ? Où est-ce que j'allais aller ? Il avait l'argent. Il avait tout pris. Il avait tout retiré de la banque, là-bas à Sterling. Et…

— Sterling ? Tu veux dire que vous gardiez l'argent là-bas, à Sterling ?

— C'est là qu'on avait notre compte. Je pensais que ce serait plus sûr. Mais je croyais encore pouvoir lui faire confiance. Je le croyais digne de confiance.

— C'est vrai. Parce qu'il t'avait promis. Parce que vous vous étiez mis d'accord. »

Soames se tut un instant. Il regarda le shérif.

« Mais vous n'auriez pas cru qu'on pouvait lui faire confiance, vous ? Vous ne pensiez pas que Jack Burdette était un homme digne de confiance ?

— Je ne sais pas, dit Sealy. Sans doute. Mais j'aurais pu dire la même chose de vous, Charlie. Et maintenant regardez-vous. Bon Dieu, regardez ce que vous êtes devenu. »

Le soir venu, tout le monde à Holt était au courant de l'arrestation de Charlie Soames. On avait entendu parler du détournement de fonds à la Coopérative et du rôle qu'il avait joué pendant trois ans dans la magouille. Un vent de panique et d'indignation s'était déjà levé. La moitié des gens de la région avaient des parts dans la Coopérative agricole et ils étaient tous assoiffés de sang.

Ils auraient préféré le sang de Jack Burdette et de Charlie Soames, mais Burdette avait disparu. Burdette était déjà en Californie, quelque part dans les rues de Los Angeles. La police avait finalement réussi à suivre sa piste jusque là-bas, mais elle avait ensuite perdu sa trace. Les gens de Holt avaient donc commencé à comprendre qu'ils allaient devoir se contenter de l'arrestation de son complice, de l'inculpation et de la condamnation du vieux Charlie Soames, et de son juste châtiment. De lui au moins ils espéraient obtenir une certaine réparation.

Ce fut épouvantable, en réalité. Charlie Soames avait déjà soixante-dix ans à cette époque-là. Comme Jack Burdette, il avait grandi ici. Tout le monde le connaissait, exactement comme tout le monde croyait connaître Jack Burdette, sauf que Soames n'avait pas du tout le don de Burdette pour les extravagances soudaines. Ce n'était qu'un vieux bonhomme qui avait toujours vécu ici. Toute son existence, il avait été pépère, normal et quelconque. Pendant près d'un demi-siècle il avait servi de comptable à diverses entreprises de la ville, et à quarante ans il avait épousé une femme qui n'avait qu'un an ou deux de moins que lui, une femme qui le dominait complètement, et tous les deux ils n'étaient pas arrivés à avoir d'enfant. À moins qu'ils n'aient même pas essayé d'en avoir. Personne ne savait. Sa femme aimait bien bavarder, mais ce sujet-là n'était pas son sujet de conversation préféré. Non, à la vérité, l'existence entière de Charlie Soames avait été à peu près aussi terne que peut l'être la vie d'un homme. Et voilà tout à coup qu'il avait fait ça.

Donc il avait été arrêté. Et très vite il avait été inculpé. Puis il avait versé sa caution et il avait été mis en liberté provisoire en attendant son procès. Pour régler sa caution, il avait sacrifié les maigres économies de toute une vie, un argent thésaurisé au fil de longues années de frugalité ; cet argent-là n'avait rien à voir avec le détournement de fonds ; il l'avait gagné en faisant le comptable pour les autres – la police avait vérifié. Donc il avait été relâché et il était retourné chez lui retrouver sa femme. Mais ce face-à-face avait dû s'avérer pire que d'être assis dans une cellule au sous-sol du siège du comté de Holt sur Albany Street. Au moins, en prison il aurait eu la paix plusieurs heures d'affilée. Il aurait profité du silence. Mais à présent qu'il était de retour au bercail, Mme Soames avait dû lui en faire baver. Elle en était capable. Elle avait dû le hacher menu comme un hamburger.

Peut-être était-ce la raison pour laquelle, environ huit jours après sa libération, il se montra une fois encore sur Main Street. C'était un jour de semaine en milieu de matinée. Il était entré dans la boulangerie Bradbury boire un café. Je ne sais pas, peut-être avait-il dans l'idée de prendre la température ambiante, de vérifier l'état d'esprit qui régnait dans le comté de Holt. La boulangerie était bondée comme d'habitude à cette heure de la journée. Des hommes d'affaires, des ménagères, des employés de magasin ainsi qu'un ou deux fermiers étaient en train de boire leur café et de manger des doughnuts, assis dans la salle aux différentes tables. Ils étaient tous occupés à discuter.

Quand Soames était entré dans la boulangerie, tout le monde s'était tu. Ils avaient regardé ce petit vieillard propret si familier remplir sa tasse à la grande thermos du comptoir de devant, ils l'avaient regardé payer son café puis se retourner pour trouver un siège. À l'autre bout de la salle il y avait une chaise vide à une table située près du mur. Ralph Bird et deux autres hommes étaient assis à cette table. Soames s'approcha d'eux.

« Non mais, attendez une minute, s'écria Ralph Bird. Où vous croyez aller avec ça ? »

Soames se tenait à côté de la table à le dévisager.

« Tirez-vous de là. Pas question de vous asseoir ici avec nous. »

Soames regarda les deux autres. Il avait tenu la comptabilité de chacun. Les hommes lui rendirent son regard.

Il n'était plus qu'un vieux bonhomme brisé et il connaissait tout le monde dans la boulangerie. Sa main se mit à trembler. Le café dans la tasse déborda sur sa main et sur sa manchette et dégoulina sur le sol. Il faisait des saletés. Il continua à se tenir là, avec sa main qui tremblait et le café chaud qui lui brûlait la main, pendant que ses yeux se troublaient. Sa vue parut se brouiller.

À la fin, une des serveuses sortit de derrière le comptoir et le débarrassa de sa tasse. « Allons, dit-elle à Soames, donnez-moi ça. » On aurait cru un enfant. Elle lui essuya la main avec un torchon puis se mit à genoux pour nettoyer le sol.

Alors Soames regarda une fois encore les gens présents dans la boulangerie. Ceux-ci n'avaient pas cessé de l'observer. Il fit demi-tour et quitta le magasin pour rejoindre le trottoir. Les clients pouvaient le voir à travers les baies vitrées. Il resta là un moment, à scruter la rue dans les deux sens. Finalement, il repartit chez lui.

Chez lui, sur Cedar Street, il entra par la porte de devant et prit l'escalier pour monter au grenier. Sa femme était au fond de la maison, épluchant des carottes dans l'évier de la cuisine. Par la suite elle expliquerait aux gens qu'elle ne savait même pas qu'il était de retour. Il avait toujours été tellement discret.

Elle entendit néanmoins l'explosion dans le grenier. Plusieurs autres personnes l'entendirent aussi. Les voisins l'entendirent.

En effet, après avoir gravi l'escalier, Charlie Soames avait pénétré dans la pièce poussiéreuse envahie de cartons puis il s'était assis sur une vieille malle à côté de la cheminée, sous une faible ampoule solitaire suspendue à une des solives. Assis sur la malle, il avait placé une cartouche dans la chambre d'une vieille 22 long rifle à un coup. Puis après avoir bien calé la crosse de la carabine sur le sol entre ses pieds, il avait refermé sa petite bouche fatiguée autour du canon. S'il avait marqué une pause pour regarder autour de lui, comme on voit faire dans les films, s'il avait jeté un dernier coup d'œil par la fenêtre du grenier vers les cimes des arbres qui se dressaient au fond du jardin, personne ne le savait. On sait simplement que l'unique sphère de plomb qu'il s'était tirée à travers le palais lui avait atteint le cerveau, et que cette petite sphère de plomb l'avait détruit.

Elle l'avait détruit, mais elle ne l'avait pas tué. La balle était allée se loger dans son cerveau de telle manière qu'il était encore vivant.

Il était effondré contre la cheminée lorsque sa femme s'était précipitée à l'étage pour voir ce qui avait causé ce vacarme. L'arme reposait encore entre ses genoux. Il y avait plein de sang qui coulait sur le devant de sa chemise et sa tête était rejetée en arrière de façon horrible. Mais il respirait encore. Il y avait des bulles rouges qui sortaient de sa bouche. En le voyant, Mme Soames avait piqué une crise de nerfs. Elle s'était mise à hurler. Les voisins avaient alors débarqué et c'était l'un d'eux qui avait appelé la police.

On l'avait tout de suite mis dans un avion pour l'emmener dans un hôpital de Denver. À Denver, les chirurgiens avaient fait ce qu'ils pouvaient ; ils avaient refermé le trou qu'il avait dans le palais et effectué d'autres réparations. Mais ils avaient décidé de laisser la balle où elle était. Ils risquaient de le tuer en essayant de la retirer. Après, quand Soames fut suffisamment requinqué pour sortir de l'hôpital, on le ramena chez lui à Holt.

Il avait donc l'air en forme, ou à peu près, lorsque nous le revîmes. Il avait la même allure qu'avant ; c'était toujours un petit vieillard bien propre sur lui. Seuls ses yeux paraissaient différents. Ses yeux semblaient vides, dénués d'expression, comme s'il n'y avait rien derrière. Il pouvait manger et il pouvait boire des liquides. Il continuait à fonctionner. Il pouvait même un peu parler, d'une voix monocorde à la fois grinçante et zézayante. Mais peu importait qu'il puisse parler. Ce qu'il avait à dire désormais ne formait plus qu'un triste galimatias, un pauvre radotage incohérent.

Quant à la vieille Mme Soames, elle ne savait plus que faire de son mari. Elle l'habillait et elle le nourrissait tous les jours, et elle le faisait asseoir sur la balancelle de la véranda. De temps à autre elle le postait dehors dans le jardin de devant, avec un tuyau d'arrosage dans les mains. Néanmoins, si elle n'y prenait garde, il pouvait rester là debout tout l'après-midi, à arroser la pelouse. Il aimait bien faire joujou avec l'eau, apparemment. En passant devant la maison, des gens l'apercevaient. Parfois ils lui disaient quelque chose, quelque chose de cruel et de méchant, quelque chose de fielleux comme : « Espèce de vieux salopard. Pourquoi tu ne réessaies pas ? Pourquoi pas une décharge de chevrotines cette fois ? Tu devrais tenter le coup. Oh, et puis après tout, va au diable ! » Mais Charlie continuait à asperger la pelouse au tuyau d'arrosage alors qu'un filet d'eau coulait le long de son coude et dégringolait sur ses chaussures ; il se tournait vers ces gens en marmonnant et il semblait écouter leur discours : il dressait la tête comme un petit oiseau tout décrépit et tout désemparé. Et quand ces gens s'éloignaient dans la rue, on aurait même pensé qu'il les suivait de son regard vide. Mais rien de tout ça n'avait de sens pour lui. Tout ça n'était pour lui qu'un simple spectacle, un théâtre d'ombres dont les images se déplaçaient et parlaient. Rien de tout ça n'avait d'importance.

Si seulement il l'avait su à ce moment-là, je suppose qu'il aurait même pu être heureux. Or il ne comprenait rien à ce que sa femme ou quiconque à Holt pouvait lui dire, et il n'avait plus la moindre notion de ce qu'étaient les débits et les crédits, ni la comptabilité à double entrée. Ainsi il ignorait tout, absolument tout, du rôle qu'il avait joué dans le détournement de fonds survenu à la Coopérative.

Il était donc dans l'état le plus parfait qui se puisse rêver : il était fou. On ne pouvait plus l'embêter et il était complètement à l'abri de la justice. Il n'existait aucun moyen de le punir pour ce qu'il avait fait. Il avait dépassé toutes ces contingences. Il n'était absolument plus question de le faire passer en jugement.

8.

Les gens de Holt eurent alors le sentiment qu'il leur faudrait se tourner ailleurs pour obtenir une forme quelconque de compensation. Ils se sentaient doublement floués. Burdette avait disparu à la fin du mois de décembre et avec chaque jour qui passait il devenait plus évident que la police n'arriverait jamais à le localiser et à le ramener. Et voilà que son complice n'allait même pas être jugé.

Aussi, à la longue, les gens commencèrent à s'en prendre à sa femme, ils commencèrent à s'en prendre à Jessie. Ils voulaient obtenir réparation de quelqu'un et elle était toujours là, elle était toujours à Holt, et ça leur facilitait les choses de la considérer comme une étrangère. Elle vivait à Holt depuis près de six ans, mais, disaient les gens, elle s'était toujours montrée excessivement distante. Depuis le jour de son arrivée, elle s'était tenue à l'écart. Comme si elle se croyait trop bien pour eux – c'était l'impression qu'ils avaient. Alors les gens étaient naturellement un peu intimidés par elle, et un peu agacés. Ils ne la comprenaient pas ; ils voyaient en elle cette femme que Jack Burdette avait dénichée dans un vague Holiday Inn d'Oklahoma, cette petite femme discrète d'une indépendance extrême qu'il avait rencontrée et épousée à Tulsa alors qu'il aurait dû épouser Wanda Jo Evans, une fille du coin que tout le monde appréciait et admirait. Non, elle n'avait pas grandi ici, et il n'y avait personne en ville qui en sût très long sur elle.

Alors peut-être était-ce inévitable, vu le degré d'émotion qui régnait et le tempérament humain, peut-être était-ce inévitable que, n'ayant personne d'autre à se mettre sous la dent, les gens de Holt s'en soient pris à Jessie Burdette. Ils étaient scandalisés par ce qui s'était passé et, d'une façon ou d'une autre, presque tout le monde avait été affecté par l'événement. On se mit à associer les problèmes de la Coopérative avec l'arrivée de Jessie. Finalement, le communiqué qu'elle avait publié dans le *Mercury* n'avait rien changé aux yeux des gens. Il s'était passé trop de choses depuis lors, et à présent tout le monde avait du mal à la croire.

Ainsi, pendant trois ou quatre mois ce printemps-là, Jessie Burdette devint-elle l'objet de la vindicte publique. La ville baignait dans une sorte de folie collective qui donnait aux gens la sensation d'avoir quasiment tous les droits. On aurait dit que, sous prétexte de sauver l'honneur de la communauté, ils se croyaient habilités à tirer sur elle à boulets rouges.

Au début, semble-t-il, il n'y eut aucun indice vraiment tangible. Simplement une tension accrue chaque fois qu'elle était là, une civilité affectée et une froideur générale à son égard chaque fois qu'elle apparaissait sur Main Street. Les gens ne lui parlaient plus que quand ils y étaient obligés, à la caisse de l'épicerie, ou à la station-service lorsqu'elle réglait son essence. Personne ne la saluait spontanément.

Puis un soir, dans la rue devant la maison, une voiture écrasa le chat roux de TJ et Bobby. Les petits garçons découvrirent le cadavre le lendemain matin sur le perron. La mort de l'animal était peut-être accidentelle, mais la personne qui l'avait tué avait transporté le chat jusqu'à la maison sans prendre la peine de s'excuser ou d'offrir une explication. L'animal était atrocement mutilé ; sa fourrure, déchirée, dévoilait ses entrailles et il avait été placé à un endroit où Jessie et les garçons ne pouvaient pas le manquer. Les garçons furent terriblement bouleversés par cet incident. Jessie les aida à enterrer le chat à côté de la clôture dans le jardin de derrière.

Pourtant, en dépit de cette animosité croissante, Jessie s'obstina à rester à Holt. Je ne suis pas sûr de savoir pourquoi, même aujourd'hui. La plupart des personnes d'ici ne seraient pas restées dans cette ville ne serait-ce qu'une semaine, en tout cas pas s'il leur avait semblé avoir un tant soit peu le choix. Mais peut-être était-ce justement pour cette raison-là, parce qu'elle avait l'impression de n'avoir nulle part où aller. Il n'y avait plus rien pour elle en Oklahoma ; ses parents avaient divorcé, sa mère était dans un hospice et cela faisait des années qu'elle n'avait pas eu de nouvelles de son père. Elle ne savait même pas avec certitude où il était. Quant à ses frères, lesquels s'étaient l'un et l'autre engagés dans l'armée aussitôt après leur diplôme de fin d'études, elle n'aurait pas pu aller se réfugier auprès d'eux quand bien même elle l'aurait voulu. En l'occurrence, elle ne le voulait pas. Elle voulait, semble-t-il, rester à Holt : pour des raisons personnelles, elle voulait voir de quelle manière les choses allaient tourner. C'était comme si elle était décidée à réagir à ces événements-là avec sa placidité et son indépendance coutumières, comme si l'opinion qu'elle avait d'elle-même dépendait exclusivement de cette faculté. C'était comme si elle essayait de prouver quelque chose.

La situation prit finalement un tour dramatique. Il ne s'agissait plus d'une simple affaire d'argent. Quand cette histoire fut terminée, il était tellement pénible d'y repenser qu'il se trouva très peu de gens à Holt pour avoir envie de s'en souvenir.

Ça commença en avril. Début avril, cette année-là, Jessie Burdette débarqua un après-midi à la Coopérative à côté des voies de chemin de fer. Après avoir gravi le perron en bois brut, elle était entrée dans le premier bureau qui servait de salle de pesée et avait annoncé à Bob Thomas qu'elle désirait voir Doyle Francis. Bob Thomas avait été pris de court. C'était juste après le déjeuner et Bob, qui avait trop mangé comme d'habitude, était à moitié endormi. Affalé sur la table derrière le comptoir, il feuilletait une liasse de récépissés. Quand il leva les yeux elle était là.

« Comment ? fit-il. Qu'est-ce que vous dites ?

— Je voudrais voir Doyle Francis, s'il vous plaît. Je crois qu'il travaille toujours ici.

— Je vais le chercher. Non, je vais le prévenir. Merde. Attendez ici. »

Ses renseignements étaient bons ; de fait, Doyle Francis travaillait toujours au silo. Au cours des trois mois écoulés depuis que son mari avait quitté la ville, les administrateurs avaient commencé à faire passer des annonces pour trouver un nouveau directeur, comme ils l'avaient promis à Doyle Francis, mais ils n'avaient pas encore embauché de remplaçant permanent car durant les jours et les semaines intermédiaires ils étaient devenus soupçonneux. Profondément et outrageusement soupçonneux. Ils avaient tout d'abord tenu à faire des recherches sur le passé de chaque candidat – et pas seulement sur son expérience professionnelle, comme il va de soi quand on embauche quelqu'un de nouveau, mais aussi sur son histoire éthique, morale et religieuse. On aurait dit qu'ils s'étaient mis à soupçonner tout le monde, à penser que le moindre individu qui posait sa candidature au poste de directeur de la Coopérative n'aspirait qu'à voler leur argent et à s'enfuir avec. En fait, la seule question qu'ils brûlaient réellement de poser à ces hommes était : « Nom de Dieu, si on vous recrute maintenant, combien de temps allez-vous travailler pour nous avant de vous dire que vous avez besoin d'une rallonge sur ce qu'on vous paie, avant que vous vous révéliez être un enfoiré comme ce salopard de Jack Burdette ? Vous devriez au moins pouvoir nous éclairer là-dessus. »

Personne ne leur reprochait cette attitude, cette méfiance aussi nouvelle que profonde à l'égard d'autrui ; la plupart des gens de Holt nourrissaient les mêmes sentiments. Mais, à cause de ces soupçons-là, Doyle Francis était toujours à la tête du silo en avril, il attendait toujours que le conseil embauche quelqu'un pour pouvoir à nouveau profiter de sa retraite. Cet après-midi-là, il était encore dans son ancien bureau lorsque Bob Thomas y fit irruption.

« Elle est ici, dit Bob. Elle veut vous voir.

— Qui ça ?

— Elle. La femme de ce fumier. Elle est là-bas dans la salle de pesée.

— Qu'est-ce qu'elle veut ?

— Enfin, comment je le saurais ? Elle a juste dit qu'elle voulait vous voir. C'est tout ce qu'elle a dit.

— Bon, fit Doyle. Fais-la entrer, Bob. À moins que tu n'aies la frousse, en t'approchant trop d'elle, de te faire faucher ton portefeuille ou quelque chose de ce genre ?

— Bon Dieu, ça c'est sûr, je fais plus confiance à ces gens-là.

— Peu importe. Demande-lui de venir. Allez, vas-y, essaie de te conduire en gentleman pour une fois.

— J'ai pas besoin de me conduire en gentleman. Pas avec elle, en tout cas. »

Bob fit demi-tour et partit chercher Jessie. Elle n'avait pas bougé du comptoir.

« Il a dit qu'il voulait bien vous voir. Venez, je vais vous montrer où il est.

— Merci, mais je sais où se trouve le bureau du directeur.

— Bon, ben, soyez pas trop longue. Y a des gens ici qui doivent travailler pour gagner leur vie. »

Jessie contourna le comptoir et, enfilant l'étroit corridor, elle passa devant les toilettes et la salle de stockage. Elle portait un pantalon sport et un ample chemisier vert. Quand elle entra, Doyle Francis se leva. C'était un des rares hommes de la ville, du moins parmi ceux qui avaient un lien avec le silo, à la traiter encore avec respect et un minimum de courtoisie. Il lui offrit un fauteuil en bois muni d'accoudoirs.

Elle s'assit lourdement et avec précaution – elle était encore enceinte à ce moment-là, elle portait encore cette petite fille dont Burdette lui avait fait cadeau avant de partir ; elle était dans son septième mois. Elle posa son sac à main sur ses cuisses, qu'écourtait la rondeur de son ventre.

« Alors, dites-moi, commença Doyle. Que puis-je faire pour vous, Jessie ?

— Je ne veux rien. Si c'est ce que vous pensez.

— Non, protesta-t-il. Je ne pense pas ça. On ne me paie pas assez pour que je m'inquiète de ce que pensent les autres.

— Eh bien non, je ne veux rien, répéta Jessie. Je ne suis pas venue pour réclamer quoi que ce soit. Je suis venue pour vous donner quelque chose.

— Ah bon ? Et que voulez-vous me donner ?

— Pas à vous. Au conseil d'administration. À la coopérative. À tous ces gens.

— De quoi s'agit-il ?

— Tenez. »

Elle ouvrit son sac d'où elle extirpa un document officiel. Elle le poussa vers lui sur le bureau. Doyle s'en empara et l'examina.

« Attendez une minute, dit-il. Attendez un peu. C'est une sorte d'acte notarié, non ?

— Ils ont dit qu'il était authentique.

— Qui a dit qu'il était authentique ? De quoi parlez-vous ?

— Les gens à la banque. Ils ont dit que je pouvais le signer au bénéfice de qui je voulais, même si Jack n'était pas là pour le cosigner. Ils ont dit que compte tenu des circonstances ça irait.

— Ils ont dit ça ? Remarquez, ça ne m'étonne pas. »

Doyle examina à nouveau le document, cette fois-ci en le lisant. C'était un acte officiel qui transférait la propriété de la maison et des biens de Burdette aux gérants de la Coopérative agricole du comté de Holt.

La signature de Jessie figurait au bas du document ; l'encre était toute fraîche.

« Eh bien admettons… reprit-il. Je suppose que ce document est légal. Je ne saurais trop m'avancer, je ne suis pas juriste. Mais bon, je ne pense pas que quiconque par ici se mêlerait de le contester… Même s'il n'était pas légal…

— Non. Je ne pense pas non plus. »

Doyle reposa l'acte sur le bureau. Il croisa les mains sur le papier.

« Quel âge avez-vous, Jessie ?

— J'ai vingt-sept ans.

— Et vous avez deux petits garçons ?

— Oui.

— Quel âge ont-ils ?

— Ils viennent d'avoir quatre et trois ans. Mais pourquoi me posez-vous ces…

— Et vous allez avoir un autre enfant très bientôt, n'est-ce pas ?

— En juin. Mais…

— Vous croyez à l'enfer ? demanda-t-il. C'est pour ça ? »

Elle le dévisagea.

« C'est pour cette raison que vous faites ça ? Parce que, permettez-moi de vous le dire, je ne crois pas que l'enfer existe. Non, je ne le crois pas. Et je ne crois pas que le paradis existe non plus. Nous mourons, c'est tout. Au bout d'un certain temps nous cessons simplement de respirer, puis les gens commencent à nous oublier et très vite ils n'arrivent même plus à se souvenir de ce que nous pensons leur avoir fait.

— Je ne sais pas à quoi je crois.

— Alors pourquoi faites-vous ça ? Vous voulez bien me le dire ?

— Parce que.

— Parce que ? C'est tout ? Juste parce que ? » Elle continuait à le dévisager, elle le scrutait sans ciller, de ses yeux marron foncé.

Finalement, Doyle reprit :

« D'accord, vous ne voulez pas me le dire. Vous n'êtes pas obligée de me le dire ; je crois savoir de toute façon. Mais écoutez-moi. Écoutez : laissez un vieux bonhomme vous poser cette question. Vous ne pensez pas que vous allez avoir encore besoin de cette maison ? Je veux dire, si vous y renoncez comme vous

vous proposez de le faire, où diable irez-vous habiter après, avec ces gamins ?

— Ça, c'est mon problème. Pas vrai ?

— Si, bien sûr que si, mais…

— Vous convenez que ce document est légal, n'est-ce pas ?

— Oui. Autant que je puisse en juger.

— Dans ce cas, aurez-vous l'amabilité de remettre ce morceau de papier aux administrateurs ? Vous pourrez leur dire que nous aurons quitté la maison à la date du 1er mai.

— Enfin, écoutez… insista Doyle. Bon sang, voyons, attendez une minute… »

Car Jessie était déjà debout. Elle s'en allait déjà. Et Doyle Francis était toujours penché vers le fauteuil qu'elle avait occupé. Les bonnes intentions qui l'animaient continuaient à grouiller dans sa tête, informulées, et ses bras reposaient toujours sur ce titre de cession que Jessie avait abandonné sur son bureau. Elle s'esquiva dans le couloir puis sortit des locaux.

Dans la salle de pesée Bob Thomas la regarda partir. Quand sa voiture eut disparu il alla voir Doyle dans son bureau.

« Dites… Elle est restée pas mal de temps. Qu'est-ce qu'elle voulait ?

— Quoi ?

— J'ai dit : Qu'est-ce qu'elle voulait ? La femme de Burdette.

— Rien. Elle ne voulait rien du tout.

— Je vous crois pas.

— Je me fiche de ce que tu crois. Bon Dieu, cette femme ne veut absolument rien d'aucun d'entre nous.

— Qu'est-ce que vous voulez dire, elle veut rien ? C'est une Burdette, non ?

— Je veux dire, fous-moi le camp d'ici et laisse-moi tranquille, répondit Doyle Francis. Bon sang de bonsoir, Bob, trouve-toi autre chose à faire que m'asticoter. »

Il y avait des gens à Holt pour qui ça suffisait. Je suppose qu'ils avaient à peu près le même sentiment que Doyle Francis, ils trouvaient que Jessie méritait leur indulgence magnanime. En leur for intérieur, ils étaient convaincus de son innocence, ou du moins de son ignorance. Ce n'était pas sa faute, pensaient-ils ; elle n'y était pour rien. Ils pouvaient se permettre d'être gentils avec elle. En tout cas, ils pouvaient se retenir de lui vouloir effectivement du mal.

Mais pour d'autres, qui étaient plus forts en gueule et plus actifs, ce n'était toujours pas suffisant. Ces gens-là protestèrent que la maison ne faisait pas le compte. Peu importait que celle-ci constituât tout ce que possédait Jessie, qu'elle correspondît au montant total de son nantissement et de tous ses biens disponibles. Ce n'était qu'une vieille maison de trois pièces au centre de la ville. Elle avait besoin d'une bordure en zinc et de nouveaux bardeaux ; elle avait besoin d'être repeinte. En outre, quand Jessie la leur céda, pesait toujours dessus un droit de rétention de quinze ans, si bien que lorsque le conseil d'administration en devint propriétaire puis la revendit aux enchères, la somme récoltée fut-elle loin d'amortir les cent cinquante mille dollars avec lesquels avait disparu son mari. Non, ils n'étaient pas satisfaits. Une maison, ça n'était pas vivant et ça n'était pas capable de saigner, comme un être humain. Ça n'était pas enceinte, comme Jessie.

Toujours est-il qu'à la date du 1er mai Jessie et les deux garçons avaient quitté les lieux comme elle l'avait promis – ils avaient loué l'appartement du bas de la vieille maison Fenner située sur Hawthorne Street à la lisière ouest de la ville –, et ce fut Doyle Francis qui les aida à déménager. Ils se servirent de son pick-up. Jessie voulut bien accepter ce petit coup de main de sa part, même si ensuite elle lui fit parvenir sur un grand plat un gâteau au chocolat fraîchement confectionné, histoire de ne rien lui devoir, de ne surtout pas être en reste.

Il était plutôt pas mal comme appartement. Il comprenait cinq pièces : une cuisine, un salon, deux petites chambres, avec une salle de douche donnant sur la cuisine. Ils avaient également l'usage de la véranda de devant, une large véranda à l'ancienne avec une rambarde en bois et une balancelle suspendue à des crochets plantés dans le plafond. De la véranda, en regardant en diagonale vers l'ouest de l'autre côté de la rue, ils pouvaient contempler la rase campagne, car c'était à cet endroit-là que s'arrêtait Holt à l'époque, au niveau de Hawthorne Street : à l'ouest par rapport à eux, il y avait juste le pré de Harry Smith, une demi-parcelle d'herbe folle où Harry laissait paître quelques chevaux. C'était un endroit idéal pour y faire grandir ses garçons ; ils pourraient s'ébattre à loisir dans cet immense espace de l'autre côté de la rue.

Quand ils furent installés et que de nouveaux rideaux furent venus garnir les fenêtres – des rideaux plus épais pour qu'on ne voie absolument rien depuis la rue –, Jessie résolut de s'occuper également de l'aspect financier de la situation. Elle se mit à gagner sa vie. Elle fut embauchée au Holt Café sur Main Street. Six jours par semaine elle travaillait comme serveuse, se levant chaque matin pour faire déjeuner TJ et Bobby et jouer avec eux presque jusqu'à midi, heure à laquelle la baby-sitter, une vieille voisine – Mme Nyla Waters, une brave dame, une veuve –, venait surveiller les garçons pendant que Jessie travaillait sans interruption depuis le coup de feu du déjeuner jusqu'à l'heure du dîner, puis elle rentrait chaque soir vers sept heures pour baigner les garçons, les mettre au lit et leur lire des histoires. Souvent aussi, avant qu'ils s'endorment, elle leur chantait une petite berceuse.

Travailler de cette façon-là – être enceinte et être obligée de passer tellement d'heures loin de ses enfants – n'était évidemment pas la solution rêvée à tous ses problèmes, mais elle n'avait pas trente-six possibilités. Elle ne voulait pas des subsides de l'État. Accepter l'Aide aux enfants dépendants, ou même des tickets d'alimentation, ne faisait pas partie de son programme de remboursement – de cette espèce de plan comptable qui était le sien –, car toute assistance de cette nature provenait des impôts. Une partie de ces impôts était issue, au moins en théorie, du comté de Holt. Jessie le savait. Et elle ne voulait rien recevoir des gens de Holt. Pas si elle ne l'avait pas payé, ah ça, non. Doyle Francis avait raison sur ce point.

Or, vers la fin du printemps, cette année-là, elle découvrit un moyen de solder son compte. Elle se mit à aller danser le samedi soir au Bar de la Légion.

Néanmoins, au commencement, personne n'avait voulu danser avec elle. Ce premier samedi soir au début du mois de mai, elle avait descendu l'escalier puis avait gagné le comptoir ; elle s'était hissée sur un tabouret, avait commandé une vodka-lime, puis avait attendu. Rien ne s'était passé. Peut-être le brouhaha s'était-il légèrement atténué l'espace d'un instant, et encore, pas beaucoup, si bien qu'elle n'était pas vraiment sûre qu'on l'ait même remarquée. Pourtant elle était ravissante : elle s'était maquillée et avait revêtu une robe bleue suffisamment ample pour que son ventre ne se voie qu'à peine, comme si elle était seulement dans les premiers mois de sa grossesse ; elle portait des bas nylon et des talons hauts ; ses cheveux bruns étaient dégagés de son visage d'une manière telle que ses yeux paraissaient encore plus grands et plus foncés qu'à l'accoutumée. Assise là, elle avait attendu ; personne ne lui avait parlé ; rien ne s'était passé ; finalement elle avait commandé un autre verre. À sa droite comme à sa gauche, des hommes juchés sur des tabourets discutaient entre eux, et elle pivota sur son siège pour observer les couples installés dans les box voisins. Ils riaient fort et se levaient régulièrement de leurs banquettes pour aller danser. Peut-être la regardaient-ils ; peut-être pas – elle n'en savait rien. Ce premier soir, elle était donc restée assise là au comptoir, à attendre, pendant presque deux heures. Puis elle était rentrée chez elle.

La deuxième fois, ce deuxième samedi – on devait être aux alentours de la mi-mai à ce moment-là –, elle s'était tapé un petit verre de vodka pure dans sa cuisine avant de sortir. Et cette fois-là elle s'était habillée différemment. Elle avait mis davantage de bleu sur ses yeux et elle portait une robe rouge foncé dont le profond décolleté révélait largement sa poitrine généreuse, une robe qui n'essayait en rien de camoufler sa grossesse mais qui lui moulait le ventre et les hanches. Après avoir pris soin de se plaquer les cheveux sur les joues, histoire de dissimuler en partie son visage, elle était retournée au Bar de la Légion et elle avait mis le pied dans cette assourdissante java du samedi soir pour la deuxième fois. Et, comme la fois précédente, elle s'était perchée sur un tabouret de bar, avait commandé un verre, puis elle avait pivoté, jambes croisées, sa courte robe rouge remontée au-dessus des genoux, une expression d'attente, sinon d'invite, affichée en permanence sur son beau visage.

La méthode avait quelque chose d'émouvant dans son manque de subtilité. Mais la subtilité et l'émotion n'étant pas des qualités véritablement en faveur à la Légion le samedi soir, il lui suffit cette deuxième fois de rester assise une heure pour que Vince Higgims Jr. vienne l'inviter à danser. Grand maigre aux cheveux noirs, Vince comptait parmi les célibataires invétérés du comté de Holt, et nous étions nombreux à le tenir pour quelqu'un d'averti en matière de boissons fortes et de créatures en robe moulante. « Allez viens, poupée, dit Vince. Ils passent ma chanson. »

Ils passaient « I Love You in a Thousand Ways » de Lefty Frizzell, cette chanson qui promettait une vie nouvelle et la fin des jours de cafard, cette chanson qui avait un tempo assez lent pour permettre à Vince Jr. d'exercer sa magie habituelle. Conduisant Jessie sur la piste bondée, il la plaqua contre la boucle de sa ceinture ; puis il se mit à lui lever et à lui abaisser le bras, à la repousser en arrière en un pas de deux superbement chaloupé tandis qu'elle conservait cette expression d'invite permanente sur le visage et qu'il continuait à sourire au-dessus de sa tête avec une satisfaction évidente. Ils dansèrent comme ça plusieurs morceaux, y compris un ou deux morceaux rapides grâce auxquels Vince put faire la démonstration de son art du jitterbug – il la fit virevolter et exécuta des mouvements compliqués avec ses mains –, puis ils soufflèrent un peu avec un slow.

C'est donc ainsi que ça commença : de manière assez innocente, je suppose, car contrairement à certains hommes en ville, Vince Higgims, lui, ne voulait pas de mal à Jessie Burdette. Je ne suis pas sûr que Vince ait même caressé le moindre espoir d'obtenir une récompense en fin de soirée. C'était simplement qu'il était saoul et qu'il aimait danser. On ne pouvait pas en dire autant des autres. Les autres, eux, n'avaient pas oublié le silo à grain.

Ils se mirent tous à danser avec elle. C'était comme si Vince avait brisé une sorte de tabou, bravé une sorte d'interdit, si bien que c'était à présent une chose non seulement acceptable de danser avec la femme enceinte de Jack Burdette, mais une chose requise ; c'était une question d'honneur communautaire et de recouvrement collectif. Dès lors, une dizaine ou une quinzaine d'hommes se relayèrent avec elle cette nuit-là. Ils la firent danser sans ménagement sur la piste. Ils la firent tournoyer brutalement ; ils la tinrent serrée contre eux, appuyant leurs bedaines toutes flasques contre son ventre dur et gonflé. À partir de ce moment-là ils dansèrent avec elle sur tous les morceaux. Et pendant tout ce temps Jessie arborait une mine réjouie, elle semblait sourire et parler avec affabilité à tous les hommes qui la tenaient. Lorsque ce fut terminé, pourtant, quand l'orchestre cessa enfin de jouer et que les lumières se rallumèrent, elle était très pâle ; elle transpirait et sa robe avait un aspect froissé, usé, taché, comme abîmée. Elle rentra chez elle épuisée.

Mais le principe était maintenant établi – étalé sur trois semaines, ce système de remboursement avait reçu l'approbation du comté de Holt. Et donc, la troisième fois, ce troisième samedi soir du mois de mai, ce fut exactement la même chose – mais en pire. Cette fois les hommes ne se contentèrent pas de danser avec elle de cette façon hargneuse et rancunière, mais ils insistèrent pour lui offrir à boire. Elle était vêtue de la même robe rouge, lavée et repassée, mais qui soulignait sa semaine de grossesse supplémentaire. Le tissu avait l'air de la mouler davantage, de comprimer ses formes, comme si les coutures allaient céder à tout instant, tandis que dans l'échancrure de son profond décolleté les veines bleues ressortaient nettement sur ses seins épanouis. Elle n'en dansa pas moins avec tous les hommes qui l'invitèrent. Ils dansèrent à n'en plus finir – des valses, des jitterbugs, des pas de deux campagnards, une sorte de fox-trot local très collé-serré – bref, absolument toutes les danses que ces hommes s'imaginaient maîtriser, sans tenir compte de la violence et de l'énergie que réclamait l'exercice. Et cette danse, si on peut appeler ça une danse, cette farouche gigue collective, ne s'arrêtait que quand l'orchestre s'arrêtait. Et alors, durant ces dix brèves minutes de repos avant la reprise, ils buvaient. Ils installaient Jessie sur un tabouret de bar et ils se tenaient à trois ou quatre autour d'elle, racontant des blagues et offrant des verres, se relayant pour ça aussi, lui commandant des doubles scotches, des doubles whiskies ou des doubles vodkas – peu importait l'invraisemblance des mélanges –, ils commandaient de l'alcool pour qu'elle le boive et ils insistaient pour qu'elle le fasse. Et elle obtempérait. Elle acceptait tout, l'air semble-t-il enchantée, comme si elle se sentait intimement obligée d'honorer la moindre de leurs requêtes.

Évidemment, à la fin de la soirée elle était encore plus épuisée cette fois-là que le samedi soir précédent. Par-dessus le marché, elle n'était pas loin d'être ivre. Lorsque les lumières se rallumèrent enfin, lorsque le dernier homme arrêta de danser avec elle, elle eut un mal fou à quitter la piste. Elle avait les jambes flageolantes ; elle titubait comme un ivrogne. Mais elle ne dit rien. Rien qui ressemblât à une plainte, j'entends. Et quand le dernier homme pensa à lui demander si elle reviendrait la semaine suivante, elle répondit : « Vous voulez que je revienne, n'est-ce pas ?

— Bien sûr que oui. Vous savez bien que je serai là. On sera tous là.

— Alors moi aussi je serai là. »

Et elle tint parole. Sauf qu'à ce moment-là un grand nombre de femmes et au moins quelques hommes en ville commençaient à se sentir un peu mal à l'aise, un peu gênés par cette forme singulière de distraction hebdomadaire. C'est pourquoi tout le monde n'était pas venu la semaine suivante, ce dernier samedi de mai. Mais Jessie, elle, était venue. Ce fut la dernière fois qu'elle alla au Bar de la Légion avant longtemps.

Et là encore ce fut la même chose. Elle portait cette même robe rouge, comme si c'était désormais un uniforme, un élément essentiel de son numéro, et il y avait le même excès de maquillage sur sa figure. Pour couronner le tout, elle buvait – il était évident en fait qu'elle avait déjà beaucoup bu avant d'arriver au bar. Elle pénétra dans la salle vers neuf heures et ne prit même pas la peine cette fois-ci de se hisser sur un tabouret. Elle se contenta d'attendre à la porte, alors que la musique, la fumée et les rires étaient déjà à leur comble autour d'elle. Elle n'eut pas à attendre longtemps : deux ou trois hommes la repérèrent au même moment et l'entraînèrent à l'intérieur.

« Qu'est-ce que vous buvez ? demanda l'un d'eux.

— Vous ne voulez pas danser d'abord ?

— Non, buvons un verre. C'est moi qui paie.

— Très bien, dit-elle. Un whisky sour, alors.

— Allez, un double », commanda-t-il.

Elle l'avala très vite, comme si c'était de l'eau ou de la limonade, comme si elle n'était pas plus consciente de ce qu'elle buvait que du badinage qui se déroulait autour d'elle. Quand elle eut terminé son cocktail, elle reposa son verre en demandant :

« Et alors, les garçons, qui va m'inviter à danser ? Je croyais que vous saviez danser.

— Je vais vous montrer comment on danse, dit l'un d'eux. Vous allez voir ça. Venez. »

Il s'agissait d'Alden Haines, un fermier de quarante-trois ans récemment divorcé qui possédait deux immenses champs de maïs irrigués à l'est de la ville. Au fond, ce n'était pas un mauvais bougre, mais à l'époque il était encore furieux en raison de son divorce : c'était sa femme qui avait engagé la procédure. Et surtout il était actionnaire de la Coopérative agricole. « Voyons si vous pouvez tenir la cadence », dit-il.

Il entraîna Jessie sur la piste de danse. Bousculant les autres couples avec rudesse, il commença aussitôt à la faire brutalement tournoyer à grand renfort de virevoltes. Jessie suivait la cadence, le repoussant d'avant en arrière ou pivotant au bout de son bras tendu. Elle semblait presque fiévreuse de concentration, comme si elle était intérieurement résolue à tester sa propre résistance. Lorsque le morceau fut terminé, Haines et elle étaient tous les deux en nage. L'orchestre joua une chanson plus lente et Haines la plaqua contre lui, refermant ses mains dans le creux de son dos tandis qu'elle s'accrochait fermement à son cou. Respectant le rythme lent de la musique, il la promena sur la piste en lui cambrant les reins. Ni l'un ni l'autre ne parlaient. Lorsque la chanson prit fin, un autre homme se présenta, et la partie recommença, avec la même intensité, la même détermination fébrile. Elle continua de cette façon-là jusqu'à la pause des musiciens.

L'orchestre s'interrompit une dizaine de minutes et les hommes du pays lui offrirent à nouveau à boire au comptoir. Debout autour d'elle, ils ne parlaient pas beaucoup, se contentant de bavarder et de plaisanter entre eux sans cesser de surveiller le niveau d'alcool dans son verre. Dans le bar, ce soir-là, les autres clients eux aussi recommandaient à boire. Les deux ou trois barmaids étaient très occupées à leur apporter des plateaux chargés de verres et de bouteilles dans les box où ils étaient assis. À l'autre bout de la salle, quelqu'un se mit à lancer des glaçons sur une des barmaids pour attirer son attention. « Arrêtez, cria-t-elle. Je vous ai vu… je serai là dans une minute. »

Puis les dix minutes de pause s'achevèrent. Reprenant leurs places à l'extrémité de la salle, les musiciens recommencèrent à jouer. Alors Alden Haines entraîna à nouveau Jessie sur la piste. C'était un morceau rapide, la version par l'orchestre de « That'll Be the Day ». Il la fit pivoter brutalement au bout de son bras – et tout à coup c'en fut fait. Ça avait à peine démarré que ce fut fini, terminé. C'étaient sans doute les glaçons sur le sol. À moins que pendant la pause quelqu'un n'ait renversé de la bière ou de l'alcool sur la piste. Personne ne savait trop à quoi c'était dû. Toujours est-il que le pied de Jessie glissa sur quelque chose de mouillé et qu'elle s'écroula. Elle essaya de se rattraper dans sa chute mais elle n'y arriva pas ; elle tomba en avant, avec violence, et ne se releva pas tout de suite. Elle demeura étendue là dans sa robe rouge pendant que les gens autour d'elle arrêtaient de danser. Se tournant sur le côté, elle ramena ses jambes contre sa poitrine. Haines se pencha sur elle.

« Ça va ? demanda-t-il. Vous pouvez vous lever ? »

L'agrippant par l'aisselle, il l'aida à se remettre debout. Elle était très pâle. Elle était à nouveau en nage, sa figure luisant comme de la craie humide sous la faible lumière. Au milieu de la piste de danse, elle vacillait sur ses jambes tandis qu'Alden Haines la soutenait par le bras et que les autres contemplaient la scène.

« Je crois que j'ai besoin d'aller aux toilettes, dit-elle.

— Vous voulez que je vous accompagne là-haut ?

— Non. J'ai envie d'être seule. »

Rétrospectivement il était évident que les douleurs avaient déjà commencé tandis qu'elle se tenait tellement figée sur la piste de danse – les personnes qui étaient là se rappellent avoir vu ses yeux prendre une expression bizarre, comme si elle ne voyait plus que de façon intermittente –, mais elle refusa toute assistance. Elle quitta la piste de danse sans qu'on l'aide, passa devant le comptoir et monta l'escalier pour rejoindre les toilettes près de l'entrée du bar. Elle en franchit la porte, pénétra dans une des cabines, puis s'assit. Ils attendaient qu'elle revienne. Comme elle n'était toujours pas de retour dix minutes plus tard, deux femmes allèrent voir comment elle allait. Elle était toujours assise sur la cuvette, encore consciente mais silencieuse et toute blanche. Elle était penchée en avant sur ses cuisses. Il y avait des caillots de sang dans la cuvette. Une des femmes sortit dans le couloir et annonça qu'il vaudrait mieux appeler une ambulance.

L'ambulance fut là au bout de cinq à six minutes. Les infirmiers évacuèrent Jessie dans un fauteuil roulant, qu'ils inclinèrent vers l'arrière pour descendre le perron ; puis, ayant poussé le fauteuil sur une rampe pour le monter dans l'ambulance, ils partirent pour l'hôpital. Le tout ne prit pas très longtemps – l'hôpital ne se trouvait qu'à trois ou quatre pâtés de maisons à l'est de la Légion –, mais ça n'aurait pas changé grand-chose si ça avait pris une heure.

Quand ils arrivèrent à l'hôpital, ils l'emmenèrent aux urgences où le Dr Martin l'allongea sur un lit pour l'examiner. En soulevant sa robe, il remarqua le sang. Alors il essaya d'écouter les battements de cœur du fœtus, mais il n'entendit rien : la petite fille dans le ventre de Jessie était déjà morte. Il expliqua par la suite que le placenta s'était décollé de la paroi utérine. Quand Jessie était tombée le travail s'était aussitôt déclenché, mais, sa source d'oxygène ayant été coupée, le bébé était mort au bout de quelques minutes – sans doute pendant que Jessie était encore aux toilettes. Il se garda néanmoins de lui dire ça. Il ne voulait pas la bouleverser : il fallait encore qu'elle mette au monde le bébé.

On lui donna de l'ocytocine pour stimuler les contractions. Mais l'accouchement dura près de dix heures, elle eut une autre hémorragie et elle faillit mourir. Elle finit pourtant par mettre le bébé au monde tard dans la soirée de dimanche.

Ils lui montrèrent l'enfant pour qu'elle puisse le regarder un moment. La petite fille avait le teint cireux mais à part ça elle avait l'air tout à fait normale. Jessie tendit la main pour lui caresser le pied. Puis ils emmenèrent l'enfant et une des infirmières dit à Jessie : « Je suis désolée, madame Burdette. »

Les gens de Holt pensèrent alors que Jessie allait pleurer. Ils pensèrent qu'elle allait enfin craquer. Je suppose qu'ils voulaient la voir craquer. Mais non. Peut-être avait-elle dépassé le stade où les larmes humaines servent à quelque chose dans les cas de ce genre, car au lieu de pleurer elle détourna la tête, elle ferma les yeux puis elle s'endormit.

Elle resta à l'hôpital pendant la quasi-totalité de la semaine suivante. Mme Waters, sa voisine, prit sous son bonnet de s'occuper de T J et de Bobby durant cette période. La vieille dame les amena voir leur mère dès que celle-ci fut en mesure de recevoir des visites, et Jessie leur parla tous les jours, elle leur tint la main et elle leur dégagea les cheveux du front. Elle refusa, toutefois, de parler avec un quelconque membre du personnel hospitalier de la petite fille qu'elle avait mise au monde, et elle refusa obstinément de parler avec un pasteur de la région qui était venu la voir dans sa chambre. Elle préféra rester étendue en silence, à regarder par la fenêtre. À la fin de la semaine, on la laissa sortir de l'hôpital et elle rentra chez elle, dans la vieille maison Fenner sur Hawthorne Street. Puis, encore une semaine plus tard, elle retourna travailler au Holt Café. Dans les mois qui suivirent, elle continua à remplir de café les tasses de ses concitoyens et à leur apporter à leur table des steaks avec des pommes de terre.

J'ignore la valeur monétaire qu'on peut attribuer aux petites filles dans d'autres régions, mais à Holt nous apprîmes en mai de cette année-là que cent cinquante mille dollars – moins le prix de revente d'une maison de trois pièces au centre de la ville – était un chiffre qui semblait adéquat.

9.

Ça, c'était au printemps 1977. Ensuite les choses à Holt reprirent leur cours normal. Jessie habitait toujours avec ses fils aux confins ouest de la ville. Les deux garçons grandissaient, elle continuait à travailler tous les jours au Holt Café, et progressivement les gens en ville renoncèrent à parler de son mari. Bien sûr, Charlie Soames était toujours là. Quand il ne branlait pas du chef en marmonnant des inepties tandis qu'il arrosait sa pelouse, il restait assis des heures sur la balancelle de sa véranda de devant. Mais à la longue les gens s'étaient habitués à son malheureux personnage, et ils n'étaient plus exaspérés de le voir. Petit à petit, ils oublièrent le rôle qu'il avait joué dans les événements de ce printemps-là. Quand par hasard ils pensaient à lui, c'était désormais comme à un vieux bonhomme un peu benêt qui habitait en ville sur Cedar Street. La vie à Holt renoua avec son paisible train-train.

Puis, durant l'été 1982, débuta une autre série d'événements qui ne devaient pas rester sans lien avec cette histoire. Lesdits événements commencèrent avec la mort d'une jeune fille à Holt.

C'était une enfant magnifique. Elle ressemblait à sa mère. Elle avait les splendides cheveux noirs et la peau blanche de Nora, elle avait une ossature délicate, un esprit vif et une apparence soignée, et elle avait les yeux bleus de sa mère. Mais elle était comme moi aussi, par certains côtés. Elle n'aimait pas rester à la maison. Elle voulait être là où il se passait quelque chose ; elle voulait savoir.

Elle était la coqueluche de ses amis, et à l'époque de son adolescence elle ne tenait pas en place, elle était sans arrêt par monts et par vaux, même s'il ne s'agissait que d'aller et venir sur Main Street dans la voiture d'un copain. Sa mère et elle étaient très proches, toutefois. Et je crois que Nora se réjouissait tacitement que Toni soit différente d'elle, sur ce plan-là en tout cas, qu'elle soit ouverte et populaire et qu'elle ait des amis, car Nora avait très peu d'amis et se sentait souvent très seule à Holt. Nora ne s'était jamais plu ici ; c'était trop rustique pour elle ; la ville n'offrait pas la plus petite trace de culture dans laquelle elle puisse se reconnaître. Aussi passait-elle le plus clair de son temps seule, à jardiner derrière la maison, à cultiver ses rosiers, et elle lisait énormément. Elle allait souvent à Boulder le week-end, rendre visite à son père, le vieux professeur Kramer. Ensuite, quand elle rentrait à Holt, elle affichait un air joyeux pendant un jour ou deux. Mais ça ne durait jamais. Au bout de dix-huit ans de mariage, nous étions parvenus à un compromis implicite bien peu réjouissant : nous restions ensemble pour Toni. Nous ne parlions pas de l'avenir et si nous étions généralement aimables en présence de notre fille et que nous affections d'être comblés, nous étions essentiellement indifférents l'un à l'autre. Or, durant l'été 1982, même cette comédie-là devint soudain trop difficile à jouer.

Il était de coutume dans le comté de Holt que les nouveaux diplômés organisent une soirée bière en rase campagne la nuit des résultats. D'ordinaire quelques parents finançaient la soirée, pensant qu'il valait mieux que des adultes y assistent, histoire de s'assurer que les mômes ne faisaient pas de trop grosses bêtises, de veiller à ce que, quand ils partaient aux petites heures du matin, quelqu'un dans la voiture soit assez sobre pour reconduire les autres. En plus de la bière, les parents fournissaient un petit déjeuner nocturne, en quantité suffisante pour tout le monde, et cet arrangement avait toujours bien fonctionné. Les gamins avaient ainsi une nuit formidable à garder en mémoire – marque de leur passage à l'âge adulte –, et l'aventure était inoffensive.

Toni, notre fille de seize ans, était allée à la fête cette année-là. Non qu'elle fût déjà en terminale – elle venait de finir sa seconde au lycée du comté de Holt –, mais elle sortait avec un garçon qui y était et elle était donc allée à la fête avec lui. C'était un brave gamin.

Nora et moi l'aimions bien tous les deux. Il se conduisait globalement en garçon responsable et il manifestait envers Toni une tendresse pleine d'affection. Ils sortaient ensemble depuis près d'un an. Il s'appelait Danny Pohlmeier.

Le soir de la fête, Nora et moi nous étions couchés comme d'habitude après avoir regardé les informations de dix heures. Puis, aux alentours de quatre heures du matin, nous avions été réveillés par la police. C'était Dale Willard, l'adjoint du shérif, qui était venu frapper à notre porte. J'avais enfilé mon pantalon pour descendre ouvrir. Willard se tenait sur le perron dans l'obscurité. J'allumai la lumière. Sous la lumière de la véranda le visage de Willard paraissait terreux et fatigué.

« Il y a eu un accident, dit-il. Vous feriez mieux de venir à l'hôpital.

— Qu'est-ce qu'il y a ? C'est Toni ?

— Ça se présente plutôt mal.

— Vous voulez dire qu'elle est grièvement blessée ? »

Willard ne répondit pas.

« Dites-moi. Elle est grièvement blessée ?

— Vous feriez mieux de venir à l'hôpital. Je ne sais pas comment vous annoncer ça.

— Vous voulez dire que c'est pire que ça. »

Willard me lança un bref coup d'œil. « Je suis désolé. » Dès lors il n'y eut plus rien à ajouter. Il pivota sur ses talons et quitta la véranda. Pourtant il s'arrêta peu après et il se retourna. « Je vous attends dans la voiture. Si vous voulez. »

Je restai là à le contempler un moment. Il se dirigea vers le véhicule de police bleu garé le long du trottoir, monta dedans, referma la portière sans faire de bruit, puis attendit les mains posées sur le volant, regardant droit devant lui à travers le pare-brise. J'étais incapable de bouger. Il faisait frais dehors sur le perron. Une petite brise soufflait. Les étoiles, éclatantes, luisaient très haut dans le ciel. *Oh, Seigneur…* En fin de compte je retournai à l'étage pour prévenir Nora.

Elle était réveillée, assise sur le lit dans sa chemise de nuit. Ses cheveux paraissaient très noirs, sur sa chemise de nuit et ses épaules pâles.

« Qui était-ce ? demanda-t-elle.

— Dale Willard.

— Qu'est-ce qu'il voulait ? Il n'aurait pas un lien avec la police ?

— C'est l'adjoint du shérif.

— Qu'est-ce qu'il voulait ?

— C'est au sujet de Toni. Elle est à l'hôpital. Il a dit que Toni était blessée.

— Non. Oh non. Non. »

Elle ne dit rien de plus. Ses yeux s'élargirent puis se rétrécirent, ses lèvres remuèrent, mais sans émettre aucun son. Elle semblait se retenir d'étaler davantage son émotion. Elle s'habilla et nous descendîmes.

Dehors Dale Willard était toujours assis dans la voiture de police devant notre maison.

« Tu veux qu'on aille avec lui ? demandai-je. Il nous attend. »

Nora fit non de la tête.

Je rejoignis la voiture de Willard et lui expliquai que nous allions nous débrouiller. Nous prîmes notre propre voiture et nous rendîmes à l'hôpital. Les rues étaient vides et silencieuses et la totalité des maisons était plongée dans l'obscurité, mais Dale Willard nous suivit quand même. Je crois qu'il se sentait la responsabilité de nous voir arriver là-bas sains et saufs.

À l'hôpital une des infirmières vint nous accueillir à la porte de derrière. Elle nous fit entrer dans une salle d'attente puis elle s'en alla. Au bout d'un moment le Dr Martin arriva et nous nous levâmes tandis qu'il nous racontait ce qui s'était passé. C'était un des autres gamins qui, en rentrant de la fête une demi-heure plus tard, les avait découverts. Toni et le petit Pohlmeier avaient quitté la soirée ensemble, vers deux heures et demie du matin, selon toute apparence le garçon roulait trop vite sur la route de campagne et il était allé mordre trop avant sur le sable du bas-côté. Il avait dû essayer de redresser trop brutalement et la voiture avait fait quatre ou cinq tonneaux. Ils ne pouvaient pas être sûrs du nombre de tonneaux qu'elle avait faits, toujours est-il qu'elle avait atterri dans le fossé de drainage, les quatre roues en l'air. Il y avait du verre partout et le toit écrasé se trouvait au même niveau que le capot et le coffre.

« Et où est Toni maintenant ? » demandai-je.

Le Dr Martin ne releva pas tout de suite. Il poursuivit. Il dit qu'il pensait que Danny Pohlmeier allait s'en sortir. Il y avait de fortes chances pour ça, précisa-t-il. C'était un jeune homme vigoureux. Il était trop tôt pour l'affirmer, cependant. Ils étaient en train de prendre des dispositions pour l'envoyer en avion à Denver.

« Où est Toni ? » répétai-je.

Le Dr Martin regarda Nora.

« Votre fille se trouve dans une salle juste au bout du couloir, là-bas. Mais je ne pense pas qu'elle ait souffert. C'est arrivé trop vite. Je suis certain qu'elle n'a pas souffert.

— Où est-elle ? Nous voulons la voir.

— Je ne crois pas que ce soit une bonne idée.

— Si, insistai-je. Nous voulons la voir. »

Il regarda à nouveau Nora. Elle était là, raide comme un piquet, les yeux braqués sur lui.

« Très bien », acquiesça-t-il.

Je pris le bras de Nora et nous suivîmes le Dr Martin dans le couloir jusqu'à une salle du quartier des urgences. À l'intérieur, sur une table d'examen, reposait une petite silhouette recouverte d'un drap blanc.

« Nous voulons être seuls », dis-je.

S'emparant de ma main, le Dr Martin la serra puis il passa son bras autour des épaules de Nora. Il s'apprêtait à ajouter quelque chose mais manifestement il se ravisa. Il sortit de la pièce et referma la porte.

Après son départ Nora souleva le drap. Nous pûmes alors contempler le pauvre visage de Toni. Ses cheveux noirs étaient tout emmêlés sur le côté de sa tête et elle avait les traits enflés et décolorés. Ses yeux n'étaient qu'à demi fermés. Son visage était entièrement tailladé et elle avait saigné du nez et de la bouche. Il y avait du sang séché dans ses narines et il y en avait aussi aux commissures de ses lèvres.

« Oh, mon Dieu… Ça suffit, Nora. Remets le drap, maintenant. Oh, Seigneur Jésus ! »

Mais Nora souleva le drap de façon à pouvoir examiner tout le corps de Toni. Ils avaient découpé ses vêtements. Notre fille avait l'air minuscule et brisée. Nora promena ses doigts avec délicatesse sur les bras contusionnés de sa fille puis elle rejoignit le comptoir ; extrayant un Kleenex de sa boîte, elle l'humecta avec sa langue afin de pouvoir nettoyer le sang séché sur la bouche de Toni. Elle se pencha pour lui embrasser le front avant de remettre le drap en place.

Nous rentrâmes ensuite à la maison. Le jour commençait à se lever. Plus tard dans la matinée, John Baker, le patron des pompes funèbres, nous rendit visite et nous organisâmes les obsèques. Deux jours plus tard, Toni était enterrée dans le cimetière du comté de Holt au nord-est de la ville.

Ce fut un grand enterrement ; tous ses amis du lycée étaient là ainsi que bon nombre de leurs parents et divers concitoyens. Dans l'église, l'autel croulait littéralement sous les fleurs. Le prêtre prononça un sermon et il y eut de la musique, je me souviens, et ensuite, au cimetière, après la courte prière et la bénédiction, les gens défilèrent devant nous pour nous serrer la main tandis que nous nous tenions à l'ombre sous l'auvent de toile verte qui avait été installé exprès. Pour les obsèques, John Baker avait fait ce qu'il pouvait avec le visage de Toni, mais celui-ci n'était pas reconnaissable. On aurait dit le masque d'un enfant mort : recouvert d'une croûte de poudre, il avait un aspect cireux. C'est pourquoi nous n'avions pas permis que le cercueil reste ouvert, et nous n'avions autorisé personne à voir son cadavre au funérarium les soirs précédant les obsèques. Quand tout fut terminé et que tout le monde fut parti, Nora et moi rentrâmes chez nous dans une maison qui semblait totalement silencieuse. Aucune de ces cérémonies publiques n'avait rien arrangé.

Le destin voulut pourtant que Danny Pohlmeier s'en sorte, comme l'avait prédit le Dr Martin. Il resta à l'hôpital à Denver pendant deux ou trois mois, puis il garda un plâtre pendant encore environ six mois.

Quand il rentra à Holt il vint nous voir un soir pour parler avec nous. Il s'assit sur le canapé et il pleura dans ses mains tandis qu'il nous racontait l'accident. Une fois son récit terminé, il n'y avait plus rien à dire. Nous le raccompagnâmes à la porte et il s'en alla. Nora et moi ne lui en voulions pas de ce qui s'était passé. Nous ne percevions pas les choses de cette manière. C'était un brave garçon et il était évident qu'il se sentait très mal. Toutefois, nous ne mentionnâmes plus jamais son nom entre nous.

En fait, nous ne nous adressions quasiment pas la parole. Ce fut un été abominable. Nora était plus silencieuse et plus renfermée que jamais. Elle avait des insomnies et elle avait commencé à prendre des pilules pour l'aider à dormir. Elle se levait tard le matin avec des maux de tête et elle déambulait en silence dans la maison. Le soir elle jardinait encore un peu, au milieu de ses rosiers, arrachant les mauvaises herbes et pulvérisant de l'insecticide sur les fleurs, mais elle ne s'intéressait plus guère à ses roses et elle s'était mise à porter des gants blancs chaque fois qu'elle travaillait à l'extérieur. C'étaient les gants qu'elle portait jadis à l'église et aux réunions de l'Association des femmes ; à présent elle les mettait pour se protéger les mains de la terre du jardin. On aurait cru qu'elle avait peur d'être contaminée même par une chose aussi anodine émanant du comté de Holt. Alors, à la fin de l'été, nous convînmes tous les deux qu'il serait préférable qu'elle quitte la ville quelque temps.

Nous donnâmes aux gens une autre explication de son départ. Ce printemps-là, son père s'était vu contraint de prendre sa retraite de professeur à l'université et il avait décidé de s'installer à Denver, histoire d'habiter une ville plus grande. Il avait besoin d'aide pour son déménagement. Aussi, début septembre, Nora était-elle allée à Boulder lui prêter mainforte dans ses préparatifs. Nous fûmes tous les deux soulagés de cet éloignement provisoire.

Puis elle refusa de revenir. C'est à cette époque que Nora loua pour son père le grand appartement de Bannock Street, au rez-de-chaussée d'une vieille maison victorienne. C'était une demeure spacieuse. Elle avait des fenêtres à tout petits carreaux et dehors il y avait du lierre qui poussait sur les murs de brique, sans oublier une grille noire en fer forgé qui séparait la maison du trottoir et de la rue. À l'évidence, le tout convenait tellement bien au vieil homme qu'il était enchanté des prouesses de sa fille et alla même jusqu'à le lui dire. Nora prolongea donc son séjour pour l'aider à ranger son bureau et ses livres. Puis elle décida de rester avec lui à titre définitif. Elle prit un emploi à la bibliothèque municipale et elle rentrait tous les soirs lui préparer le dîner. C'était un arrangement qui semblait leur plaire à tous les deux. Elle m'écrivit une lettre pour m'en parler. C'est ainsi que j'appris qu'elle ne reviendrait pas.

Je ne savais pas trop ce que j'éprouvais. À vrai dire, elle ne me manquait pas particulièrement. C'était plus facile dans la maison sans qu'elle y soit, sans être obligé de l'avoir sous les yeux tous les jours. Pourtant, une semaine ou deux après son départ, un dimanche, je vins leur rendre visite à Denver. Je les emmenai déjeuner au restaurant. Un établissement de leur choix. Il y avait des nappes en lin blanc sur les tables, ainsi que des serviettes pliées en cône et de lourds couverts en argent posés à côté des assiettes blanches. Il y avait également plusieurs verres. Le Dr Kramer se chargea du vin et, quand le serveur apporta la bouteille à notre table, le vieux monsieur se livra à un petit numéro plein d'élégance, reniflant le bouchon et le palpant de ses doigts parcheminés. Ayant décrété que le bouchon était suffisamment humide, il nous expliqua que ce détail prouvait que la bouteille avait été placée sur le flanc, dans le but de parer au dessèchement du bouchon. Le serveur versa alors un peu de vin dans le verre du Dr Kramer : celui-ci le goûta et apparemment le vin lui aussi lui donna satisfaction. Nous en bûmes tous trois un verre en apéritif.

Ce fut un long repas compliqué, fait de quatre ou cinq plats. Pourtant Nora et son père parurent y prendre plaisir. Il me fallait reconnaître que Nora avait retrouvé son joli visage ; le contrôle rigide qu'elle s'était imposé durant l'été semblait s'être relâché, et elle avait recouvré une apparence quasi juvénile. Assise à côté de son père, elle se montrait pleine de prévenance à son égard. Ils commentaient tous les plats au fur et à mesure que le serveur les apportait, goûtant celui que l'autre avait commandé et établissant des comparaisons. Ensuite nous prîmes des desserts et du café. Puis le déjeuner se termina et nous roulâmes dans les rues de la ville pendant une heure ; nous traversâmes le parc municipal, passâmes devant le zoo et le musée, avant de repartir par la zone commerciale de Cherry Creek pour gagner Broadway et Bannock Street. De retour à l'appartement, le Dr Kramer décida de faire une petite sieste.

« Bien sûr, dit Nora. Va te reposer un peu, mon petit papa.

— Surtout, ne me laisse pas dormir trop longtemps. Tu sais que je ne dois pas dormir trop longtemps.

— Non. Juste une heure.

— Pas plus, je compte sur toi.

— Je te réveillerai dans une heure. Et nous prendrons le thé. »

Elle le suivit dans sa chambre. Par la porte ouverte je la vis qui se penchait sur lui, lui ôtant ses chaussures et lui rabattant une couverture sur le corps. Ils étaient très affectueux l'un avec l'autre ; ils s'appelaient « mon petit papa » et « ma petite Nora ».

Lorsqu'elle revint dans le salon je proposai :

« Pourquoi ne pas aller faire un tour ? J'ai besoin de respirer et je voudrais éliminer ce repas. Peut-être qu'on pourrait même discuter un peu. »

C'était le début de soirée. Nous étions en automne et les arbres qui se dressaient devant les vieilles maisons du voisinage commençaient juste à jaunir. L'appartement qu'ils avaient loué se trouvait dans un vieux quartier résidentiel de Denver. Autrefois ce devait être un secteur élégant ; on y voyait beaucoup de grandes maisons en brique, construites à la fin du siècle dernier, mais ces demeures avaient presque toutes été divisées en appartements et les rues étaient bordées de voitures. Nous marchâmes vers le sud de Bannock Street sur cinq ou six pâtés de maisons, nous tournâmes vers l'ouest pour pouvoir admirer les montagnes, hautes et bleues tout là-bas au-delà de la ville, puis nous prîmes vers le nord et de nouveau vers l'est afin de décrire un cercle. Cela faisait du bien de marcher. Il régnait dehors une fraîcheur agréable ; nous aperçûmes plusieurs familles hispaniques installées dans les grandes vérandas des maisons alentour, à écouter de la musique, à boire de la bière et à bavarder, pendant que de splendides petits gamins aux cheveux noirs jouaient dans les jardins ou roulaient à bicyclette sur les trottoirs, et je me fis la réflexion qu'il émanait de ce quartier une sensation de vie authentique, comme s'il s'y passait des choses qu'il aurait été intéressant de connaître. Mais

Nora était impatiente de retourner à l'appartement retrouver son père.

« Il faut que je le réveille, expliqua-t-elle. S'il dort trop longtemps, il n'arrivera pas à dormir cette nuit.

— Rentrons, dans ce cas. Si c'est ce que tu veux.

— Oui, je veux bien. »

Nous marchâmes encore un peu.

« Et c'est ça que tu veux, n'est-ce pas ? Tu veux rester ici habiter avec ton père ? Et travailler à la bibliothèque ?

— Oui. Toi, ça ne te plairait pas. Je sais que non, mais moi si. Ça me convient.

— Très bien. J'espère que tu seras heureuse.

— Oh, je t'en prie. Ne sois pas comme ça.

— Enfin, pourquoi ? J'espère de tout cœur que tu seras heureuse. Je suis sincère.

— Tu sais, j'ai essayé, dit-elle. J'ai vraiment essayé. Tu ne crois pas que j'ai essayé ?

— Si. Je crois que tu as essayé. Je crois que nous avons tous les deux essayé.

— Merci d'avoir dit ça. »

Elle me toucha le bras puis retira très vite sa main. « Oui. Mais bon. Toni me manque. Je n'y peux rien, elle me manque.

— Je sais, dit Nora. Elle me manque aussi. » Nous arrivâmes à l'appartement. Nous nous arrêtâmes sur le trottoir devant la grille en fer forgé.

« Tu veux entrer ? demanda-t-elle.

— Non. Je ne pense pas. Vas-y.

— Merci pour le déjeuner.

— Au revoir », dis-je.

Elle gravit les marches et disparut dans l'appartement. Je m'attardai un moment à regarder la maison tandis que les lampes s'allumaient à l'intérieur. Puis Nora tira les rideaux et je pris la route du retour, laissant Denver derrière moi et traversant les Hautes Plaines en direction de Holt.

Après ça, j'éprouvai une impression de solitude pendant quelque temps. Je ne veux pas dire que Nora en tant que telle me manquait beaucoup, mais c'était cette sensation d'occuper désormais une maison absolument vide. Je suppose qu'au bout de dix-huit ans, même quand votre mariage est un échec, vous n'en avez pas moins besoin du bruit et de la présence de quelqu'un qui est là au moment où vous rentrez chez vous. Toni me manquait atrocement.

Finalement, histoire de différer mon retour à la maison, je pris l'habitude d'aller dîner au restaurant, et souvent j'atterrissais au Holt Café. Jessie Burdette y travaillait toujours. Elle était très séduisante dans son chemisier jaune et son pantalon noir, ses cheveux bruns retenus par des peignes dégageant son visage. Elle avait trente et un ans à cette époque-là. C'était une serveuse très compétente, et il était agréable de la voir et de faire un brin de causette avec elle le soir.

L'automne s'écoula de cette manière. Je me rendais tous les jours au bureau du journal, supervisant la publication du *Holt Mercury*, imprimant tout ce qui pouvait avoir une utilité ou un intérêt au niveau local, m'abstenant de faire du zèle, me limitant au travail de routine nécessaire à la bonne marche d'un hebdomadaire de province. Puis un soir au Holt Café, quand j'eus fini de dîner et que Jessie apporta l'addition à ma table, je lui demandai si je pourrais la raccompagner en voiture après son service. Le temps avait fraîchi et je savais qu'en général elle rentrait chez elle à pied.

« Je regrette, répondit-elle. Mais j'ai pris ma voiture aujourd'hui. J'étais en retard ce matin alors j'ai décidé de prendre ma voiture.

— Ah. Peut-être une autre fois, alors.

— Bien sûr. Surtout, n'hésitez pas à me le reproposer. Au fait, désirez-vous autre chose ? Un dessert ?

— Je ne pense pas. »

Elle déposa l'addition sur la table et remporta les assiettes dans la cuisine. Je terminai mon café. *Enfin, voyons, c'est idiot*, me sermonnai-je. *Elle n'a pas besoin que tu viennes l'embêter.* Je me levai et me dirigeai vers la caisse pour payer. Jessie était en train de débarrasser une autre table. Je l'attendis ; elle me rejoignit, enregistra l'addition, me rendit la monnaie et je m'apprêtai à partir quand je l'entendis m'interpeller.

« Ohé, Pat, attendez. Est-ce que vous voulez venir chez moi ? Je pourrai préparer du café.

— Avec plaisir, si ça ne vous dérange pas.

— J'en ai encore pour environ une heure.

— D'accord.

— Disons vers sept heures et demie ?

— D'accord. »

Elle éclata de rire.

« Vous êtes sûr que c'est d'accord ?

— On ne peut pas dire que je sois très vif, m'excusai-je en souriant. Je suis un peu rouillé de ce côté-là.

— Oui, je sais », dit-elle.

Je sortis du café. J'aurais voulu lui apporter quelque chose, un gâteau ou des biscuits pour aller avec le café, mais la boulangerie était fermée et à cette heure-là seuls les bars étaient ouverts, ainsi que les boutiques d'alcools et les épiceries de nuit. Retournant au journal, j'y travaillai pendant une heure, puis patientai encore pendant une demi-heure ; après avoir bouclé une nouvelle fois les locaux, je me rendis à l'appartement de Jessie sur Hawthorne Street.

T J et Bobby étaient en train de regarder la télévision dans le salon quand je débarquai sur le seuil. Je les apercevais par la fenêtre. Je sonnai à la porte et Jessie vint m'ouvrir.

« Voici M. Arbuckle, annonça-t-elle. C'est le patron du journal. (Ses fils me regardèrent.) Allons, dites bonjour.

— Bonjour », dirent-ils, avant de se tourner à nouveau vers la télévision.

Jessie me conduisit dans la cuisine. Celle-ci était propre et rutilante, avec suffisamment de place pour une grande table et quatre chaises.

« Vous voulez vous asseoir ? proposa-t-elle. Je vais m'occuper du café.

— Vous avez un joli appartement.

— Il n'est pas mal. En tout cas, il n'est pas trop cher. »

Je la regardai préparer le café. Elle s'était changée depuis qu'elle était rentrée du restaurant ; elle portait maintenant un pull bleu à manches longues avec un Levi's délavé, et ses cheveux paraissaient fraîchement repeignés. Lorsque le café commença à passer elle s'installa en face de moi à la table de la cuisine.

Je ne sais pas de quoi nous parlâmes ce premier soir – enfin, si, je le sais. Nous parlâmes de nous, de son enfance à Tulsa, de sa mère infirme, de ses frères et de son père, et je lui racontai brièvement mon enfance à Holt. C'était un peu compassé au début. Nous bûmes plusieurs tasses de café et à neuf heures et demie, après m'avoir demandé de l'excuser une minute, Jessie s'éclipsa dans le salon. Elle dit aux garçons qu'ils devaient aller se coucher. Ils éteignirent la télévision, puis ils passèrent par la cuisine pour se rendre dans la salle de bains. J'étais toujours attablé et, en traversant la pièce, ils me lorgnèrent d'un air soupçonneux. Lorsque la porte de la salle de bains se referma je les entendis qui se lavaient les dents et qui chuchotaient. Puis ils réapparurent et se postèrent à côté de la table tandis que Jessie les embrassait. « Allez vous coucher maintenant. Et on ne fait pas les andouilles. D'accord ? »

Ils me regardèrent une nouvelle fois.

« Bonne nuit, dis-je.

— Bonne nuit, répondit T J, donnant un coup de coude à Bobby.

— Quoi ?

— Tu es censé lui dire bonne nuit.

— Je ne sais même pas qui c'est.

— Dis-lui bonne nuit quand même.

— Bonne nuit », dit Bobby, avant de sortir de la cuisine avec T J sur ses talons.

« Aïe aïe aïe, fit Jessie. (Elle éclata de rire, ajoutant avec une grimace :) Eux et les bonnes manières…

— Ce n'est rien du tout. Vous avez fait de l'excellent boulot avec eux. Ce sont de braves gamins.

— Vous le pensez vraiment ?

— Oui. Vous avez tout lieu d'être fière de vos garçons. »

Elle tendit le bras au-dessus de la table et m'effleura la main.

« Merci. Vous êtes un homme bien. Vous le savez ?

— Je ne suis pas si bien que ça.

— C'est l'impression que vous donnez, en tout cas. »

Plus tard, quand je pris congé, Jessie m'accompagna à la porte. Nous restâmes sur le perron à regarder de l'autre côté de Hawthorne Street, vers le pré aux chevaux de Harry Smith. Il y avait un croissant de lune et on distinguait tout juste la silhouette des saponaires et des armoises se détachant sur le fond sombre des herbes folles.

« Merci pour le café, dis-je, commençant à descendre les marches.

— Pat.

— Oui ?

— Vous croyez que vous dînerez au café demain soir ?

— Je ne sais pas. Sans doute.

— Alors je ne prendrai sans doute pas ma voiture pour aller travailler.

— Alors je prendrai sans doute la mienne.

— Vous voyez ? Finalement vous n'êtes pas si rouillé que ça… »

Je ris. C'était la première fois que je riais depuis des mois.

« Peut-être que les réflexes vont tous me revenir.

— J'en suis certaine. »

Après ça ce fut un merveilleux automne et un merveilleux hiver. Je ne me sentais plus seul, et je veux croire que ces semaines et ces mois-là furent agréables pour Jessie aussi. Après cette première soirée nous nous vîmes presque tous les jours. Quand elle avait terminé son service au Holt Café je la raccompagnais en voiture à son appartement, et pendant que les garçons regardaient la télé ou faisaient leurs devoirs nous nous installions dans la cuisine pour discuter. Nous discutions des heures durant. Je n'avais jamais discuté avec quelqu'un autant qu'avec elle, lui confiant des choses que je n'avais jamais confiées à personne, des choses dont je ne savais même pas que je les pensais avant de m'entendre lui en faire part. C'était une expérience nouvelle pour nous deux de baisser sa garde devant l'autre, et au fil des mois je me mis à rester chez elle de plus en plus tard dans la nuit, discutant et buvant du café, et une fois que les garçons étaient couchés et endormis il nous arrivait souvent de nous replier dans sa chambre. C'était une belle femme d'une grande tendresse et d'une grande générosité au lit, et je me faisais une joie de la voir tous les jours, de discuter avec elle et d'être avec elle. Je pensais à elle constamment.

Elle avait ses dimanches libres et durant la semaine nous mettions au point ce que nous ferions tous les quatre avec les garçons. Nous allions nous balader en voiture dans la campagne, nous allions nous promener dans une autre ville ou nous allions au cinéma, et quand il avait plu ou qu'il y avait eu beaucoup de vent nous allions chercher des pointes de flèche dans les champs dénudés des fermiers de ma connaissance. Au printemps T J et Bobby trouvèrent chacun une quantité de morceaux de silex mais aussi plusieurs pointes en bon état. Nous commandions des livres sur les Indiens des Plaines ou l'histoire des pointes de flèche puis nous les lisions ensemble, et un dimanche nous passâmes un après-midi à construire une vitrine afin d'y exposer nos trésors. Les garçons garnirent la vitrine de velours foncé. Ils étaient ravis de ce qu'ils avaient fait et je crois que somme toute ils me trouvaient plutôt bien moi aussi. De mon côté, je les trouvais mieux que bien. C'étaient de merveilleux petits garçons et j'étais fou de leur mère.

Il y eut un jour en été où nous allâmes à Denver. C'était un dimanche d'août. Nous partîmes de Holt vers midi, roulant vers l'ouest à travers les Hautes Plaines parmi les éteules, les champs de maïs tendre et les pâturages desséchés ; au bout de quelque temps nous commençâmes à voir les montagnes se rapprocher de nous, et deux heures après nous étions à Denver. Nous voulions profiter au maximum de l'après-midi, emmener les garçons au centre aquatique où il y avait un grand toboggan, et ensuite nous avions l'intention d'aller dîner à la Casa Quintana.

Il était environ deux heures et demie quand nous arrivâmes au parc aquatique de South Colorado Boulevard. Munis de nos maillots de bain, nous pénétrâmes dans le centre de loisirs. J'achetai les billets au comptoir et j'emmenai les garçons dans le vestiaire des hommes tandis que Jessie allait se changer dans celui des femmes. Les garçons étaient tout gênés de se déshabiller devant moi ; ils me tournèrent le dos et enfilèrent leurs maillots en s'attachant des serviettes autour du cou. Une fois prêts, nous sortîmes et attendîmes leur mère. Elle ne tarda pas à apparaître et, mon Dieu, elle était ravissante. Chaque fois que je la voyais je ressentais la même chose. Elle portait un maillot deux-pièces, sa serviette nouée autour des hanches. Elle avait la peau naturellement mate et en cette fin d'été elle avait un bronzage magnifique.

« Dieu du ciel ! m'écriai-je.

— Qu'est-ce qui ne va pas ?

— Rien du tout.

— Enfin, allons, qu'est-ce qu'il y a ?

— C'est seulement toi. Tu es splendide. »

Nous rejoignîmes le secteur du toboggan puis nous grimpâmes jusqu'au sommet. Il y avait une longue file de gens qui attendaient de descendre. Pour cela il fallait s'asseoir sur un bout de plastique et, propulsé par une cascade d'eau froide, s'engouffrer dans un tube jalonné de brusques tournants et autres déclivités soudaines, avant de déboucher à l'extérieur et de se trouver finalement catapulté dans la piscine. À mesure que les gens disparaissaient dans le tube, on les entendait pousser des cris et des beuglements. La file d'attente avançait inexorablement, et ce fut bientôt notre tour. « Qui veut passer en premier ? » demandai-je.

TJ et Bobby ouvraient des yeux immenses. Debout sur la plate-forme, ils regardaient à l'intérieur du toboggan, là où s'amorçait le premier virage.

« Ça se passera bien, dis-je. Vous verrez.

— Ça fait mal ?

— Non. Vous n'aurez pas mal. C'est seulement rigolo.

— D'accord, dit TJ. Je crois que je peux essayer. »

Je remis les tickets au surveillant qui nous tendit les rondelles de plastique destinées à servir de sièges. TJ prit place sur le plastique en s'approchant du rebord de la plate-forme, puis il franchit la bordure et le courant d'eau froide l'emporta ; il descendit à toute allure, en poussant de grands cris.

« Au suivant, ordonna le surveillant. Qui est le suivant ? Il y a des gens qui attendent…

— Qu'est-ce que tu en dis, Bobby ? demandai-je.

— Je peux essayer avec toi ?

— Oui. Descends avec moi pour cette fois, et ensuite ça ira. »

Je m'installai sur le petit coussin en plastique et pris Bobby sur mes genoux. J'adressai un clin d'œil à Jessie.

« Je vous retrouve en bas, les garçons », lança-t-elle.

Tenant Bobby d'une main et poussant avec l'autre, je me penchai en arrière pour nous écarter de la plateforme ; l'eau nous emporta d'un seul coup et nous abordâmes le premier tournant dans un torrent liquide, virant sur le côté puis fonçant en avant, puis il y eut d'autres virages suivis de descentes soudaines, une longue et rapide ligne droite suivie d'un brusque tournant sur le côté – pendant ce temps-là, poussés par le courant, Bobby et moi hurlions tous deux à pleins poumons –, puis il y eut une autre déclivité soudaine suivie d'une courte ligne droite et enfin nous débouchâmes dehors, entre ciel et eau, toujours posés sur notre coussin en plastique mais désormais suspendus dans les airs, avant de dégringoler dans le bassin. Nous coulâmes en chœur : tenant Bobby autour du buste, je remontai à la surface. Lorsque nous émergeâmes, les yeux de Bobby étaient brillants comme du verre.

« Ça t'a plu ?

— La prochaine fois je descends tout seul. »

Nous tournâmes la tête pour guetter Jessie. Mais un des maîtres-nageurs qui se tenait au bord de la piscine nous fit signe de dégager, pour éviter qu'on ne nous tombe dessus. Nous rejoignîmes la margelle où se trouvait T J. Nous sortîmes de l'eau et attendîmes. Mais Jessie n'arrivait pas.

« Où est maman ? demanda T J.

— Je ne sais pas. Elle était juste derrière nous.

— Pourquoi elle met si longtemps ?

— Je ne sais pas. Continuez à guetter. »

Tout à coup elle jaillit du tube avec un énorme bonhomme en bermuda jaune collé derrière elle : tous deux restèrent un bref instant assis dans les airs, les jambes de l'homme autour d'elle, puis ils disparurent sous les flots dans une gerbe d'éclaboussures incroyable. Ils remontèrent à la surface et Jessie vint nous rejoindre à la nage. « Désolé, cria le gros bonhomme. Je vous ai fait mal ? Je suis désolé. » Jessie fit non de la tête en lui adressant un geste de la main. Elle riait.

« Que s'est-il passé ? demandai-je.

— Oh », répondit-elle. (Elle regarda en direction de l'homme au bermuda jaune ; il sortait de la piscine par l'échelle, remontant son bermuda sur son gros derrière.) Je suis restée coincée à peu près à mi-parcours sans plus pouvoir bouger.

— Il n'y avait plus d'eau qui coulait ?

— Si, mais j'avais perdu la rondelle de plastique. Cet homme a surgi et il m'est rentré dedans, avec ses jambes autour de ma taille, et on a dévalé le reste du toboggan comme ça.

— Il t'a fait mal ?

— Non, c'était juste marrant. Et il n'arrêtait pas de hurler : “Je suis désolé, madame. Je suis désolé.” Mais ce n'était pas sa faute. N'empêche, il était affreusement gros.

— Ma foi, ce n'était pas très orthodoxe, dis-je, mais vous avez fait un sacré plouf.

— Je veux bien le croire.

— Mais, maman, dit TJ, tu recommenceras pas, hein ? C'est trop gênant.

— Je ne l'ai pas fait exprès.

— Je sais. N'empêche, c'est gênant.

— Très bien. La prochaine fois ce sera Pat qui me suivra. Est-ce que ça ira ?

— Moi, c'est sûr, ça m'ira, intervins-je.

— Ah, j'aurais aimé que vous l'entendiez, reprit Jessie. "Je suis désolé, madame. Je suis désolé, madame. Seigneur, ce que c'était drôle."

Jessie recommença à pouffer. Ses fils se tenaient à côté d'elle, le regard levé vers son visage. Ils n'avaient jamais dû voir leur mère avec une expression si radieuse et si animée. Elle s'amusait comme une folle. Nous nous amusions tous comme des fous.

Nous restâmes au parc aquatique la plus grande partie de l'après-midi. Jessie et moi descendîmes le toboggan plusieurs fois avec les garçons, puis nous sortîmes de l'eau ; après nous être séchés, nous nous installâmes à une table pour les regarder. Les garçons nageaient et s'amusaient dans l'eau, plongeant à la recherche d'un bout de carrelage ; pour finir, ils refirent quelques descentes de toboggan. Après, nous allâmes nous rhabiller et nous regagnâmes la voiture. Nous avions une faim de loup.

Il était à peu près cinq heures et demie. Nous traversâmes la ville en direction de West Colfax, le centre commercial où se trouvait la Casa Quintana. C'était un immense restaurant mexicain où l'on mangeait correctement, mais dont le principal attrait – pour des petits garçons – tenait à son décor et à ses animations. Les murs avaient l'apparence de l'adobe, comme dans un village mexicain, et quand on était assis dans une salle on était censé se croire dans une maison de paysan. La plupart des salles donnaient sur une place centrale où une mare était surplombée par une plate-forme évoquant une falaise. En plus, quelque part, il y avait une grotte que pouvaient explorer les gamins. Une fois entrés, nous dûmes patienter une demi-heure dans le hall. J'avais donné notre nom à l'hôtesse en lui précisant que nous désirions une table près de la mare, si bien qu'il fallut un certain temps pour qu'il s'en libère une. Quand ce fut le cas, nous suivîmes l'hôtesse à travers deux salles du restaurant pour prendre place dans un box. « Votre serveuse viendra vous voir dans une minute », annonça-t-elle. De là où nous étions, nous avions une vue imprenable sur la mare et la falaise en adobe.

La serveuse vint prendre notre commande et, après, des mariachis déambulèrent dans les salles en chantant des chansons tristes en espagnol. Vêtus de costumes mexicains ornés de passementerie dorée et argentée, ils étaient coiffés de grands chapeaux richement décorés. Ils firent escale à notre table et chantèrent pour Jessie de leurs voix haut perchées.

« Demande-leur de chanter quelque chose de plus gai, dit-elle.

— Je ne connais pas de chansons espagnoles. À part “La Cucaracha”.

— Ça ne me surprend pas. »

Elle sourit aux chanteurs. À la fin de leur sérénade, nous les applaudîmes et ils reprirent leur circuit.

Quelque temps après, la serveuse nous apporta nos plats. Sur la table il y avait un petit drapeau mexicain fixé à un bâtonnet : chaque fois qu'on avait besoin de quelque chose, on pouvait hisser le drapeau sur sa hampe, et alors la serveuse le voyait et elle revenait à notre table. Quand nous eûmes nos assiettes je demandai :

« Dites, les garçons, vous voulez des *sopaipillas* maintenant ?

— C'est quoi ?

— On dirait des petits sacs. Ce sont des espèces de beignets qu'on fait frire dans l'huile. On peut les fourrer avec du miel.

— D'accord.

— Alors, hissez le drapeau. »

Ils s'empressèrent de le faire et la serveuse rallia notre table.

« Ces garçons-là voudraient une sopaipilla, annonçai-je. Et moi aussi.

— Trois sopaipillas ?

— Tu en veux une, Jessie ?

— Bien sûr.

— Alors, quatre. Avec du miel. »

La serveuse débarrassa nos assiettes et retourna en cuisine pour passer la commande. Pendant son absence un brusque chahut éclata sur la falaise au-dessus de la mare. Deux hommes se disputaient, se criant des insanités et faisant mine de se battre ; après avoir dégainé l'un et l'autre, ils se mirent à tirer frénétiquement, puis, quand ils eurent vidé leurs armes, ils les envoyèrent promener pour entamer une bagarre à coups de poing. Ils étaient en train de s'affronter au bord de la falaise quand l'un d'eux, le méchant, se reçut une énorme châtaigne : il bascula en avant et, décrivant une courbe magnifique, il plongea dans la mare. Il s'extirpa de l'eau, tout dégoulinant, et il recommença à invectiver l'homme sur la falaise pendant que les gens sifflaient et applaudissaient. Je regardai T J et Bobby. Ils étaient abasourdis.

« Ils faisaient semblant, hein ? demanda Bobby.

— Je ne sais pas, répondis-je. À ton avis ?

— On n'a pas vu de sang.

— Ah bon ?

— Je n'ai pas vu de sang, insista Bobby.

— En tout cas… moi, j'y ai cru.

— Ils faisaient semblant, intervint T J. Ça se voyait à cause de la manière dont il a plongé. »

Ils me regardaient d'un air solennel, scrutant les traits de mon visage. Je finis par leur faire un clin d'œil. Ils sourirent avec soulagement.

Puis nous mangeâmes nos sopaipillas, nous penchant sur la table, inondant de miel nos assiettes. Jessie et moi commandâmes du café pendant que les garçons allaient explorer la grotte ménagée dans la salle du fond : elle recelait une cache de joyaux et des pierres précieuses étaient incrustées dans son toit en plâtre. Ils revinrent complètement exaltés, je réglai l'addition, puis nous partîmes. La nuit commençait à tomber et l'air avait fraîchi, comme toujours le soir dans le Colorado, même en été.

Une fois dans la voiture, T J se pencha en avant depuis la banquette arrière et dit, sans que personne lui ait soufflé :

« Merci de nous avoir emmenés dans tous ces endroits aujourd'hui.

— Oh. Mais, de rien, voyons. Et puis, c'était aussi l'idée de votre mère.

— Merci, maman, dit Bobby.

— On s'est bien amusés, pas vrai, mon chéri ? »

Nous reprîmes le chemin de la maison. Il était presque onze heures et demie quand nous arrivâmes à Holt. Pendant le trajet, T J et Bobby s'endormirent sur la banquette arrière alors que Jessie et moi bavardions à voix basse, admirant les grands espaces sombres et nous tenant la main. Elle s'endormit un peu elle aussi, appuyée contre mon épaule. Elle se réveilla lorsque je ralentis en entrant dans la ville. Je m'arrêtai devant leur appartement sur Hawthorne Street et nous aidâmes les garçons à rejoindre leur chambre. Ils dormaient debout et je ne pense pas qu'ils se soient vraiment réveillés. Jessie ouvrit leur fenêtre et laissa leur porte entrebâillée pour faire un courant d'air.

De retour dans le salon, je dis à Jessie :

« Je ferais mieux de rentrer maintenant. Il est tard.

— Tu es très fatigué ?

— Je suis fatigué, mais j'ai passé une journée merveilleuse. Je crois que les garçons se sont bien amusés.

— Ça, on peut le dire, acquiesça-t-elle. Mais pourquoi tu ne resterais pas dormir ? Tu ne l'as jamais fait.

— Je ne tenais pas à te causer de problèmes.

— Ça ne me cause pas de problèmes. Mais je suppose que tu veux parler des gens en ville.

— Je ne voulais pas qu'ils me voient m'en aller le matin. J'ai l'impression que ce n'est pas la même chose si je m'en vais au milieu de la nuit.

— Tu ne penses pas qu'ils parlent de nous de toute façon ?

— Sûrement.

— Alors, qu'est-ce que ça peut faire ?

— Je ne sais pas. Je me conduis comme un idiot, sans doute.

— Tu ne te conduis pas comme un idiot. Tu essaies seulement d'être gentil. Bon, est-ce que oui ou non tu vas finir par m'emmener au lit ?

— Mon Dieu, ma foi… Si tu insistes.

— J'insiste. Viens te coucher, s'il te plaît. »

Nous allâmes dans sa chambre. Nous nous sentîmes très proches sous les draps tous les deux, et ensuite, avant de dormir, nous regardâmes par la fenêtre ouverte en direction du lampadaire dont la lumière jouait sur son visage, sur ses épaules et sur ses seins ; nous parlâmes un moment et finalement nous nous endormîmes, sa tête sur mon bras et ses cheveux châtain foncé, pareils à de la soie, tout doux contre ma joue.

C'était en été, un dimanche, à la mi-août. À l'automne, un samedi après-midi, en novembre, Jack Burdette réapparut soudain à Holt.

10.

Personne n'y crut tout d'abord. Puis soudain ce fut vrai : il était de retour en ville après huit ans d'absence. Il conduisait une Cadillac rouge, et après qu'il fut resté assis une heure dans sa voiture sur Main Street tandis que les gens passaient devant lui, faisant leurs courses, prêtant trop peu attention à ce qu'ils voyaient pour comprendre de qui il s'agissait, Ralph Bird avait fini par le reconnaître. Résultat, en début de soirée, Bud Sealy l'avait arrêté et lui avait administré un coup sur la nuque avec la crosse de son arme, puis il l'avait forcé à s'asseoir sur la banquette arrière de la voiture de police et, tournant au coin de la rue pour prendre Albany Street, il avait remonté le pâté de maisons jusqu'au siège du comté, où il l'avait mis en prison.

Le phénomène local était donc rentré au pays. Le fils prodigue était revenu. Sauf que maintenant il était derrière les barreaux, enfermé dans une cellule dont il ne pouvait pas sortir, et les gens étaient contents qu'il y soit. Ils se mirent aussitôt à discuter de son cas. Ils étaient convaincus qu'ils pourraient encore obtenir une forme de réparation de la part de Jack Burdette.

Pour ce qui est de Jessie et moi, nous apprîmes la nouvelle ce même soir, le samedi de son retour. Nous étions chez elle dans la vieille maison Fenner aux confins de la ville, à regarder un film à la télévision avec TJ et Bobby. Il était aux alentours de huit heures. Jessie était rentrée fatiguée du boulot et nous avions décidé de ne pas sortir. C'est alors que le téléphone avait sonné.

Jessie alla décrocher dans la cuisine. En revenant, elle annonça que c'était pour moi.

« Qui est-ce ?

— Je crois que c'est Bud Sealy.

— Qu'est-ce qu'il veut ? Juste quand le film commençait à devenir bien.

— Tu veux que je lui dise que tu le rappelleras ?

— Non. J'y vais. »

Je me rendis dans la cuisine et m'emparai du combiné.

« Bud, c'est vous ? »

Bud Sealy avait une voix sinistre et très officielle.

« Écoutez, Arbuckle, je vais vous le dire à vous en premier. Ensuite vous pourrez vous charger de l'annoncer à Jessie si vous voulez.

— Lui annoncer quoi ?

— Ça ne va pas vous plaire. À moi non plus, ça me plaît pas beaucoup.

— De quoi s'agit-il ?

— Son mari est de retour en ville.

— Quoi ? Vous voulez dire que Jack Burdette est ici à Holt ?

— Exact. Ce fumier s'est repointé. Vous devriez le voir. Je l'ai bouclé dans une cellule.

— Nom de Dieu. Mais qu'est-ce qu'il fabrique ici ?

— Du diable si je le sais. Pas moyen qu'il s'explique. »

Il y eut un instant de silence.

« Vous êtes toujours là ? demanda Bud.

— Je suis là.

— Ouais. Eh ben, je pensais que je devais vous mettre au courant. Ce truc va semer un fichu bordel. »

Nous raccrochâmes. Je restai là à regarder le jardin de derrière par la fenêtre de la cuisine. Dehors la nuit était tombée et les arbres paraissaient noirs et immobiles. À ce moment-là, alors que je me tenais ainsi à la fenêtre, les pensées se mirent à grouiller dans ma tête. Tout était changé à présent.

Je me tenais toujours à la fenêtre de la cuisine quand Jessie vint voir ce qui me retenait si longtemps. Elle me passa le bras autour de la taille.

« Quelque chose ne va pas ? demanda-t-elle.

— Oui, j'en ai peur.

— Qu'est-ce qu'il y a ?

— Oh, bon Dieu, Jessie…

— Qu'est-ce qui ne va pas ?

— Assieds-toi, s'il te plaît, veux-tu. »

Je tirai une chaise pour qu'elle s'assoie à la table et m'installai à côté d'elle. Elle me regarda sans broncher pendant que je lui exposais la situation. Elle n'avait pas l'air autrement bouleversée ni même désemparée par ce que je lui racontais. Durant les mois qui se sont écoulés depuis cette fameuse nuit, j'ai eu l'occasion de réfléchir à sa réaction et, d'après moi, ce n'était pas tant qu'elle s'attendait plus que nous au retour de Jack. Selon moi, ça tenait davantage au fait qu'elle avait réussi à acquérir une certaine distance et un certain flegme, un recul qui lui interdisait désormais de se faire du souci pour des choses qu'elle ne pouvait maîtriser. Elle avait tellement souffert ce printemps-là après le départ de Jack, elle en avait tellement bavé que, après avoir survécu à tout ça, elle était plus forte qu'avant, et désormais elle ne voyait plus les choses de la même façon que nous. Il n'était plus question qu'elle se laisse aller à se faire du souci au sujet de quelqu'un qui était censé se trouver à deux mille kilomètres de là – même si ce quelqu'un était brusquement de retour à Holt, à cinq petites minutes de trajet en voiture.

Toujours est-il qu'à la fin de mon discours elle déclara qu'elle ne voulait pas le revoir. Elle ne voulait plus avoir affaire à lui.

« Non. Tu n'auras pas à le revoir, dis-je.

— Et je ne veux pas que T J et Bobby le voient.

— Non. Mais moi il va falloir. Le journal va devoir en parler.

— Est-ce qu'ils vont le passer en jugement ?

— Je ne sais pas. Ils vont essayer. Ça dépend des preuves dont ils disposent à l'heure actuelle. »

Elle avait les yeux fixés sur la couche d'émail blanc qui recouvrait la table de la cuisine. Au bout de quelque temps elle reprit :

« Il va falloir que je prévienne TJ et Bobby.

— Oui.

— Je ferais mieux de leur dire tout de suite. »

Elle retourna dans le salon. Elle éteignit la télévision et je l'entendis leur expliquer ; j'entendis les questions qu'ils lui posaient et puis la voix paisible de Jessie qui leur expliquait à nouveau, qui les rassurait. Toujours assis à la table, je restai là à cogiter.

Ça, c'était le samedi soir. Le lundi je me rendis au siège du comté pour voir Jack Burdette. Jessie n'était pas allée travailler et elle n'avait pas envoyé les garçons à l'école. Nous étions d'avis qu'il valait mieux laisser passer un peu de temps. Les garçons étaient effrayés et bouleversés. Ils retournèrent cependant à l'école le lendemain et Jessie retourna travailler. Il n'était pas question de se voiler la face indéfiniment.

Ce lundi après-midi-là, quand j'arrivai au siège du comté, il y avait un groupe d'hommes – des badauds et des papis à la retraite en casquettes réglables et chemises à manches longues – qui traînaient sur le parking à regarder la voiture de Burdette. La police l'avait ramenée de Main Street le dimanche matin et, brillant de tous ses feux, elle trônait, longue, chatoyante et rouge, sur le parking situé derrière le siège du comté. Garée à côté des autres autos, elle avait l'air d'une insulte. Les hommes parlaient entre eux en gesticulant.

« On devrait prendre un chalumeau et découper cette foutue bagnole en morceaux, disait l'un.

— Et se les partager, dit un autre. Le fumier… C'était notre argent. »

Je pénétrai dans le bâtiment et descendis dans le bureau du shérif. Bud Sealy était assis derrière sa table de travail, affalé dans son fauteuil à lire un magazine. Il semblait fatigué. Je lui dis que je voulais parler à Burdette.

« Allez-y. Vous pouvez toujours essayer.

— Il ne parle pas ?

— Pas beaucoup. Pas depuis l'autre soir quand je l'ai ramené. Là, on a eu une petite conversation.

— Mais enfin, il a bien dit quelque chose ?

— Pour ça, oui. Mais rien de publiable.

— Il faut quand même que je tente le coup.

— Bien sûr. Tous les deux, vous étiez amis dans le temps, non ? Peut-être qu'il vous parlera. »

Je me dirigeai vers la prison. J'y avais été un certain nombre de fois auparavant, pour des articles, et comme toujours il y régnait une odeur forte, à la fois aigre et oppressante. Il y avait trois cellules vides, et enfin la dernière dans laquelle se trouvait Burdette. Je le voyais à travers les barreaux.

Il était allongé sur une couchette trop courte pour lui, si bien que ses pieds pendaient de manière inconfortable. Ses pieds étaient nus et calleux et il portait toujours la même chemise écossaise fripée et le même pantalon foncé qu'il avait sur lui quand il était arrivé le samedi. Dans le coin de la cellule il y avait un petit lavabo et, à côté, une cuvette de W. -C. dépourvue de lunette. Jack avait vraiment piètre allure, à tel point que je ne suis pas certain que je l'aurais reconnu si je n'avais pas su à l'avance de qui il s'agissait. Il était en piteux état, extrêmement gros, voire obèse, l'air malade. Je me fis d'ailleurs la réflexion qu'il devait l'être : sa peau avait cette couleur jaune qu'on associe aux maladies graves et il avait d'énormes cernes sous les yeux. Il avait perdu presque tous ses cheveux durant ses années d'absence, de sorte que le sommet de son crâne luisait sous la lumière, et son visage affichait un air de dégoût, une expression de cynisme inaccoutumée, comme si plus rien au monde ne l'intéressait désormais.

Tout à coup il parla. Et je sus que j'aurais reconnu sa voix. « C'est toi, Arbuckle ? Depuis que je suis là je me demandais si tu viendrais me voir.

— Oui. Je suis venu te voir. Je suis journaliste, Jack.

— Tu veux dire que ce n'est pas une visite mondaine ? me demanda-t-il avec un grand sourire.

— Il me faut un article pour le journal.

— C'est drôle, reprit-il. Tu n'as quasiment pas changé. La vie doit être tendre avec toi, Arbuckle.

— C'est vrai. Par contre, toi tu n'as pas l'air très en forme. Qu'est-ce qui ne va pas ? Tu es malade ?

— Non. Merde. Je vais bien. Et j'irai encore mieux quand je serai sorti de ce foutu trou.

— Si tu en sors.

— Oh, si, j'en sortirai, pas de problème. Ils ne peuvent pas me garder.

— Ils pensent que si.

— Ils ne peuvent pas, pourtant. C'est un fait.

— Peut-être, dis-je. Nous verrons. »

Il entreprit d'allumer une cigarette. Ses mouvements étaient lents et laborieux. Quand ce fut fait il envoya l'allumette par terre, dans le coin où se trouvait déjà un tas de mégots et d'allumettes.

« Qu'est-ce que tu veux savoir, au fait ? Maintenant que tu es là…

— Ça n'a pas d'importance, en réalité. Tout ce que tu voudras bien me raconter. Sauf que je ne comprends pas ce qui t'a poussé à revenir. Tu ne te plaisais pas en Californie ? »

Là, pour la première fois, il se redressa sur sa couchette. Peut-être le souvenir de ses années sur la côte ouest l'intéressait-il encore. C'était difficile à dire ; il était tellement bouffi et éreinté.

« Arbuckle, tu es déjà parti d'ici ? Tu es déjà allé en Californie ?

— Non.

— Tu devrais, un jour. C'est une sacrée région.

— C'est ce qu'on prétend.

— Ouais, c'est une sacrée région. Seulement c'est cher. On peut dépenser beaucoup d'argent là-bas. Ils ont des trucs en Californie dont tu n'as même pas idée.

— Sans doute.

— Un tas de trucs.

— Et toi, répliquai-je, tu avais un tas de fric. Qu'est-il arrivé à cet argent ? Tu l'as dépensé ?

— Ça m'en a tout l'air, répondit-il avant d'éclater de rire. Dis, tu ne crois pas qu'ils accepteraient de m'en refiler un peu ? »

Apparemment cette pensée l'amusait. Ses yeux se plissèrent et sa bedaine se mit à trembler ; les secousses de son corps gigantesque firent tressauter la couchette.

« Pourquoi pas ? poursuivit-il. C'est ma ville natale, non ? Tu ne crois pas qu'ils accepteraient que je me resserve un petit coup ?

— Non. Je ne crois pas. »

Je savais évidemment qu'il plaisantait, qu'il n'était pas stupide, mais peu m'importait. J'avais d'autres choses en tête. Je l'avertis qu'il y avait des gens à Holt qui le détestaient aujourd'hui.

— Ils n'ont rien oublié, dis-je. Je ne pense pas qu'ils te donneraient cinq *cents* pour t'aider à déguerpir. À supposer que tu sois autorisé à le faire.

— Ah non ? J'aurais cru qu'à l'heure qu'il est ils auraient oublié. Enfin merde, ça, on s'en fout. Mais toi, de ton côté, qu'est-ce qu'il en est ?

— Je ne vois pas ce que tu veux dire.

— Je suppose que tu peux plus me blairer non plus.

— Possible.

— C'est vrai ?

— Écoute. Tu t'es toujours fichu de ce que les gens pensaient de toi. Qu'est-ce que ça pourrait bien te faire aujourd'hui ?

— T'as raison. Ça me fait absolument rien. (À ce moment-là l'expression de son visage changea encore une fois. Une lueur d'effort se fit jour dans ses yeux, comme s'il se concentrait.) C'est juste que j'ai appris que tu fréquentais ma femme.

— Quoi ?

— Ouais. C'est ce que j'ai appris. J'ai appris que tu fréquentais ma femme. J'ai appris que tu fréquentais Jessie.

— Ce n'est plus ta femme. Plus maintenant.

— Oh, que si ! Jessie et moi… on est toujours mariés.

— Tu as fichu tout ça en l'air il y a longtemps. Elle ne veut plus te revoir.

— Peut-être. Mais on est toujours mariés.

— Écoute, bordel. Tu vas la laisser tranquille.

— Et j'ai toujours mes gosses ici.

— Non, tu n'as absolument rien ici. Bordel de merde, tu n'as absolument plus rien à Holt.

— Si, insista-t-il. J'ai toujours ma famille. Ça, c'est indiscutable. Et c'est toujours ma ville natale.

— Écoute. Tu dois être cinglé. Écoute-moi, bordel. »

Mais il n'écouta pas ; au lieu de ça il se remit à rire. Il se rallongea sur sa couchette avec ses pieds qui pendaient. Il était content de lui. Son lourd visage au teint maladif me souriait derrière les barreaux.

« Y a autre chose que tu veux savoir, Arbuckle ? Tu as eu ce qu'il te fallait pour ton journal ?

— Va te faire foutre », lui dis-je.

Et ça aussi, ça l'amusa. Tout l'amusait. Ça ne servait à rien de continuer à parler avec lui. Je finis par m'en aller.

Puis le mardi, Arch Withers lui rendit visite. Au fil des années, Arch Withers était devenu un homme aigri.

Après la disparition de Burdette à la fin du mois de décembre 1976, Withers avait conservé son poste de président du conseil d'administration de la Coopérative agricole et il avait terminé son mandat, mais quand il s'était représenté deux ans plus tard les gens qui possédaient des parts dans le silo ne l'avaient pas réélu. En fait, il avait été battu à plates coutures, et cette défaite l'avait profondément affecté. Il avait toujours sa ferme au nord de Holt, mais à présent il ne venait plus en ville très souvent ; il préférait envoyer sa femme quand il avait besoin de quelque chose, et il n'allait jamais prendre le café à la boulangerie Bradbury. Dans ce pays où il s'était toujours senti accepté et admiré, il éprouvait désormais une impression de solitude et d'isolement.

Cet après-midi-là, quand il arriva au siège du comté, certains des papis qui étaient présents la veille étaient de nouveau là : ils se tenaient à l'ombre, reluquant la Cadillac rouge de Burdette, encore à palabrer et à gesticuler. Ils regardèrent Withers garer son pick-up noir sur le parking ; celui-ci passa ensuite à côté de leur groupe sans dire un seul mot à aucun d'entre eux. Quand il entra dans le bureau du shérif, il réclama l'autorisation de voir Jack Burdette.

« Laissez-moi lui parler, demanda-t-il.

— Voyons, Arch, dit Sealy. Il ne lui reste pas un sou. Vous le savez. Bon Dieu, est-ce qu'il reviendrait s'il lui restait quelque chose ?

— Laissez-moi seulement le voir.

— Je ne peux pas vous laisser entrer dans sa cellule.

— Je n'ai pas l'intention d'entrer dans sa cellule.

— Soit, mais si je vous laisse le voir, vous avez pas intérêt à tenter quoi que ce soit. Vous m'entendez ? Je vous aurai à l'œil.

— Très bien. Bon alors, où est-il ? »

Sealy permit donc à Withers de voir Burdette. Il le conduisit aux cellules puis il monta la garde à l'entrée pendant que Withers entamait son discours. Ce fut d'ailleurs un discours paisible et plutôt rationnel au début, une sorte de récapitulatif des événements. Mais Burdette dut sembler encore moins intéressé par ce que Withers avait à dire qu'il ne l'avait été la veille quand je lui avais parlé, et de toute évidence il fut nettement moins amusé. Là encore il ne bougea pas : lourd et avachi, le visage tout jaune, il demeura étendu sur sa couchette trop petite au sommier défoncé, fumant des cigarettes, écoutant à peine tandis que Withers n'en finissait pas de dégoiser. À ce moment-là il devait en avoir par-dessus la tête de tout ça. On aurait dit qu'il attendait simplement que quelque chose se passe. Pour lui, le discours de Withers ne faisait sans doute que traduire un ridicule malentendu entre eux, une vieille querelle sans importance. Sauf que c'était plus que ça pour Withers, bien sûr. Celui-ci continua à pérorer, essayant de susciter chez Burdette un minimum de réaction. Or il n'en obtint aucune. Burdette se contenta de rester étendu là à attendre que Withers daigne arrêter de parler.

Withers finit par perdre son sang-froid. Il se mit à hurler, il fulminait : « Va te faire voir, Burdette. Va te faire voir. »

Et, pendant ce temps-là, Jack Burdette affichait toujours un air aussi indifférent, comme s'il n'était pas du genre à se laisser embêter par des vétilles. À la fin, il fit quand même l'effort de se remuer un peu. Il souleva sa tête.

« Withers, dit-il. J'aimerais bien que tu fermes ta foutue gueule.

— Nom de Dieu ! fit Withers, interloqué.

— Si je suis revenu ici, c'est pas pour entendre parler de ton putain de silo. Fiche-moi la paix. Tu commences à me taper sur les nerfs. »

Arch Withers sortit alors de ses gonds. Il se mit à secouer les barreaux, à appeler Sealy pour qu'il vienne ouvrir la cellule et qu'il puisse y entrer.

« Je vais tuer cet enfoiré, hurlait-il. Je vais le tuer.

— Sealy, cria Burdette. Faites-le sortir d'ici. Cette fois j'en ai ma claque.

— Je vais le tuer.

— Je suis pas obligé d'écouter ça, Sealy.

— Ouvrez-moi cette cellule.

— Sealy, vous m'entendez ? »

Ce refrain continua, plein de violence, jusqu'à ce que Bud Sealy se décide enfin à remonter le couloir pour rejoindre Withers et essayer de l'éloigner de la cellule.

« Allez, Arch. On y va.

— Je vais le tuer.

— Non. Vous avez dit ce que vous aviez à dire.

— Nom de Dieu !

— Allons-y. Allez, venez, maintenant. »

D'un seul coup, Withers se débattit. Il se jeta sur Bud Sealy dans le couloir de la prison, continuant à beugler, faisant des moulinets avec les bras. Sealy l'écrasa contre les barreaux de la cellule et, lui plaquant son énorme avant-bras sous le menton, il le neutralisa puis le poussa en direction de son bureau. Withers se tenait devant lui, tout pantelant.

« Enfin, merde, Arch ! Bordel, qu'est-ce que vous fabriquez ? Vous voulez que je vous arrête vous aussi ? Je commence à en avoir marre de ces histoires.

— Il a même pas de regrets, dit Withers.

— Qu'est-ce que vous imaginiez ? Qu'il serait bourrelé de remords ?

— Il se fiche bien de nous.

— Écoutez, maintenant, rentrez chez vous, Arch. Vous n'avez plus rien à faire ici. C'est compris ? Allez, rentrez chez vous. »

Mais Withers semblait trop épuisé pour bouger. Il avait l'air à bout de forces et anéanti. On aurait dit qu'il avait attendu cet instant précis des années durant pour constater au bout du compte qu'il ne signifiait absolument rien : Burdette n'avait même pas de regrets. À la fin Sealy fut obligé d'attraper Withers par la manche pour le faire sortir du bureau et lui faire monter l'escalier vers la sortie.

Dehors, près du siège du comté, les hommes du pays se tenaient toujours à l'ombre en cet après-midi de novembre. Lorsque Withers apparut dans l'embrasure de la porte, ils brûlaient d'envie de savoir ce qui s'était passé. Mais Withers refusa de leur parler. Il marcha lentement à côté d'eux, sans quitter le trottoir. Leurs têtes se tournèrent pour suivre sa progression à travers le parking, par-delà la Cadillac de Burdette et jusqu'à son pick-up noir. Ils le regardèrent grimper à l'intérieur et fermer la portière.

Après son départ, un des hommes demanda au shérif :

« Que s'est-il passé en bas, Bud ?

— Il ne s'est rien passé.

— Pourtant, Withers lui a parlé, non ?

— Peut-être. Mais Burdette ne l'a pas écouté.

— De quoi il a parlé ?

— D'après vous, de quoi il a pu parler ?

— Évidemment… Faut dire, il a eu tout le temps de ruminer. Je parie qu'il lui a fait un petit discours, pas vrai ? »

Sealy dévisagea l'homme un moment, il les dévisagea tous.

« Écoutez, les enfants. Vous feriez mieux de rentrer chez vous. Il va rien se passer ici. Rentrez donc chez vous voir si votre femme a préparé le dîner. Je vous ai assez vus pour aujourd'hui. »

Après ça il ne se passa effectivement rien pendant un moment. Burdette demeura le reste de la semaine en prison, allongé sur la couchette de sa cellule, attendant, dormant la plupart du temps, sa chemise écossaise et son pantalon sombre chaque jour plus crasseux et plus chiffonnés, alors qu'en ville, dans Main Street, les gens n'arrêtaient pas de parler de lui, aux tables de la boulangerie et dans la taverne en face, et que chacun paraissait avoir son mot à dire sur le sujet.

Mais, à la fin de la semaine, il devint évident qu'il s'était produit quelque chose ailleurs. Là-bas à Sterling, dans le bureau du procureur, était survenu un événement non négligeable : les rouages de la machine législative de l'État du Colorado s'étaient mis en branle, démontrant au final que Burdette avait raison. On ne pouvait pas le garder en détention ; il y avait prescription concernant son délit. S'il avait quitté l'État depuis cinq ans, et si trois ans supplémentaires s'étaient écoulés, il ne pouvait être poursuivi. Il était libre de s'en aller.

Bob Witkowski, le procureur, appela Bud Sealy le vendredi après-midi pour le mettre au courant de la nouvelle.

« Quoi ? s'écria Sealy. Qu'est-ce que c'est que cette histoire ? Vous voulez dire, cette espèce d'enfoiré a fauché cent cinquante mille dollars et là vous êtes en train de me raconter que je ne peux pas le garder sous les verrous ?

— C'est exact. Ça revient à ça.

— Je n'arrive pas à y croire.

— Vous feriez mieux d'y croire. C'est la loi. Et vous l'enfreindrez si vous ne le libérez pas. Vous l'avez déjà transgressée en enfermant cet homme pendant une semaine.

— Alors, vous êtes en train de me dire que je dois le libérer ? C'est ce qu'ordonne la loi ?

— C'est exact. Relâchez-le, Bud.

— Ça alors, Dieu Tout-Puissant ! Cette espèce de fumier. Il le savait depuis le début. »

Sealy raccrocha violemment le téléphone et fixa le mur d'un regard vide.

À la nuit tombée, cependant, Bud Sealy avait recouvré ses esprits et décidé de procéder avec intelligence. Afin de parer à toute action éventuelle des gens de la ville – il y avait à Holt un certain nombre de têtes brûlées qui risquaient de boire suffisamment pour s'imaginer devoir tenter quelque chose et, la saison du faisan venant de commencer, ce n'étaient pas les fusils qui manquaient dans les râteliers derrière les sièges des pick-up –, ils avaient, avec Dale Willard, sorti discrètement Jack Burdette de sa cellule puis l'avaient conduit à la frontière du comté. Il faisait nuit depuis longtemps. Après lui avoir passé une nouvelle fois les menottes, Sealy avait fourré Burdette sur la banquette arrière de la voiture de police, derrière la grille de protection. Burdette s'était récrié, il avait hurlé et tempêté, croyant que Sealy allait l'emmener dans les dunes pour lui régler son compte. Mais Sealy lui avait ordonné de la fermer et il avait fini par obtempérer. Derrière la voiture de police, Dale Willard suivait dans la Cadillac rouge de Burdette.

Une fois qu'ils eurent franchi la frontière du comté, ils obliquèrent sur une route de gravier. Sealy mit pied à terre et déverrouilla la portière arrière.

« Sors de là.

— Bud. Allons, écoutez…

— Sors de là, espèce d'enfoiré.

— Bud. Écoutez-moi. Vous feriez mieux de m'écouter.

— Espèce de fumier. (Sealy dégaina son arme et la colla sous le menton de Burdette.) Allez, viens. »

Burdette se glissa lentement hors de la voiture et se retrouva debout sur la route. Il était affolé.

« Willard, bredouilla-t-il. Willard, vous êtes là. Vous le savez. Vous allez être accusé de complicité si vous n'intervenez pas. Vous le savez, Willard.

— La ferme, dit Sealy. Nous sommes tous mouillés. Maintenant, tourne-toi.

— Willard. Ne laissez pas faire ça, Willard.

— Enlève-lui ses menottes », dit Sealy.

Willard lui ôta ses menottes. Il les tendit au shérif. « Maintenant, tire-toi, espèce de fils de pute, dit Sealy. Et ne refous jamais les pieds ici.

— Quoi ?

— Je te laisse filer. Tu ne sais pas la chance que tu as.

— Quoi ? Alors, vous avez appris la nouvelle. Vous savez que vous pouvez pas me garder.

— Quelque chose dans le genre.

— Je savais que vous pouviez pas me garder. Je vous avais prévenu…

— La ferme. »

Burdette le dévisagea.

« Et ne t'avise jamais de remettre les pieds ici, reprit Sealy. Tu m'entends ? Je te préviens. Ne remets jamais les pieds ici. Je te promets, tu n'auras pas autant de chance la prochaine fois. »

Jack Burdette regarda une fois encore le shérif, puis à nouveau Willard. Il rejoignit sa voiture. Le moteur n'avait pas cessé de tourner. Burdette monta dans la Cadillac et il fit marche arrière jusqu'à la grand-route. Puis, en signe de prétendu adieu, comme un bras d'honneur final, il donna un unique coup de klaxon, avant de s'éloigner en faisant rugir le moteur. Il n'était pas tout à fait minuit.

Le lendemain matin, il régnait à Holt une atmosphère d'indignation encore plus intense lorsque les gens découvrirent que la Cadillac rouge avait disparu et que Burdette avait été autorisé à filer. Pendant de longues heures, ce matin-là, des groupes d'hommes jeunes et moins jeunes hantèrent le parking du siège du comté où l'étincelante voiture rouge avait trôné toute la semaine. Ils se jurèrent mutuellement qu'ils n'allaient pas demeurer sans réagir ; ils allaient prendre des mesures. Mais personne ne savait trop lesquelles.

Pendant ce temps-là Bud Sealy, dans son bureau en sous-sol, les observait derrière sa fenêtre à barreaux. Plusieurs heures durant, ils restèrent là à déplorer leur impuissance d'un air dégoûté ; finalement, vers midi, ils commencèrent à se disperser, à retourner chez eux déjeuner. Quand tout le monde fut parti, Sealy appela sa femme et lui demanda de lui apporter un café et un sandwich. Il ne voulait pas quitter le bureau, expliqua-t-il ; il s'attendait à les voir revenir. En effet, après le repas de midi, nombre d'entre eux reparurent. Ils se remirent à discutailler, à faire des gestes et à pester. Au bout du compte, pourtant, il ne se passa rien. Il était trop tard pour que les hommes du pays puissent faire quoi que ce soit.

Il n'empêche que, toute cette matinée-là, on avait redouté un incident, on avait craint que quelqu'un ne soit assez fou pour tenter une action violente. C'est pourquoi, vers le milieu de la matinée, j'avais suggéré à Jessie que nous quittions la ville un jour ou deux.

J'avais habité chez elle toute la semaine, par instinct protecteur, et là nous décidâmes d'emmener les garçons à Denver, de prendre des chambres dans un motel, et de monter en voiture quelque part dans les montagnes. Les trembles auraient déjà changé de couleur, expliquai-je à Jessie, mais une excursion en montagne serait sûrement agréable, et apaisante. Elle trouva que ce serait une bonne idée. Elle appela le café pour prévenir qu'elle ne viendrait pas travailler. Puis nous préparâmes les bagages et nous partîmes.

À Denver, nous prîmes deux chambres dans un motel sur l'autoroute 70 près de l'aéroport de Stapleton. Il y avait une piscine couverte attenante au motel et les garçons se baignèrent quelque temps, s'entraînant à plonger, pendant que Jessie et moi les regardions en buvant un verre. Barbotant dans la piscine, il y avait aussi un couple du Texas qui nous confia être venu de Nacogdoches pour leur voyage de noces. Ils avaient l'air très jeunes et très heureux. La fille était grassouillette, avec une jolie frimousse aux joues rondes, et son mari n'arrêtait pas de l'attirer dans l'eau et de se serrer contre elle en lui chuchotant à l'oreille ; chaque fois, elle l'éclaboussait en riant et s'éloignait à la nage. À la fin, ils sortirent de l'eau et regagnèrent leur chambre : l'homme tenait la femme par la taille et on ne les revit plus.

Lorsque TJ et Bobby eurent suffisamment barboté, ils prirent une douche et nous dînâmes de bonne heure dans le restaurant du motel. Puis nous allâmes voir un film.

Nous traversâmes la ville jusqu'à un cinéma installé dans un centre commercial et, mangeant des pop-corn et buvant des Coca-Cola, nous demeurâmes dans l'obscurité de la salle à fixer l'écran des yeux. Je me révélai incapable de me concentrer sur l'histoire. Les scénaristes avaient fait de leur mieux pour qu'il soit vraisemblable qu'une jeune Amish tombe amoureuse d'un policier de la ville, et il y avait pas mal de scènes spectaculaires ainsi qu'une photographie magnifique, sans compter un suspense grandissant, mais, quand elle éclata, la violence me parut trop lointaine pour que j'arrive à y croire. Assis à côté de Jessie, mon bras reposant sur ses épaules graciles, je préférai observer son visage. Lorsque nous sortîmes de la salle, les garçons et elle estimaient que c'était un bon film. Ils avaient sans doute raison. Mais moi, pour l'heure, j'étais dans l'incapacité de compatir aux déboires de quiconque.

Plus tard, cette nuit-là, alors que nous étions couchés et que Bobby et TJ dormaient dans la chambre adjacente, je confiai à Jessie une partie de mes inquiétudes.

« Je sais, dit-elle. Mais tu vois bien que tout va s'arranger à présent… C'est bien ce que tu as dit ? Que c'était mieux pour lui de tout simplement s'en aller ?

— Ça, c'était ce matin. Quand j'ai appris la nouvelle. Je me sentais plus serein à ce moment-là.

— Mais il ne s'est rien passé pour te faire changer d'avis, si ?

— Pas que je sache.

— Et maintenant, de toute façon, il n'y a plus rien qu'on puisse faire, si ?

— Non.

— Alors veux-tu bien, s'il te plaît, me prendre dans tes bras et me serrer très fort ? Ça ne sert à rien de s'inquiéter.

— Je sais.

— Et tu sais que je t'aime.

— C'est seulement que je ne veux pas que les choses changent.

— Bouge ton bras que je puisse me rapprocher un peu plus. Là... ce n'est pas mieux ?

— Oui. C'est beaucoup mieux.

— Ah, je me disais bien que tu finirais par entendre raison. »

Nous étions tout près l'un de l'autre. Elle était chaude et douce à côté de moi et je me mis à lui faire l'amour dans cette chambre de motel obscure, baignée uniquement par la faible lumière qui filtrait à travers les rideaux et le bruit des voitures qui passaient sur l'autoroute. Mais tout semblait différent, incertain. Ensuite, une fois apaisés, nous restâmes étendus l'un contre l'autre et Jessie s'endormit aussitôt.

Le lendemain matin, nous nous réveillâmes tard et prîmes notre petit déjeuner. Puis nous réglâmes la note du motel. Nous avions décidé de nous rendre ce jour-là à Boulder et de franchir la montagne pour rejoindre Estes Park. La saison touristique étant terminée et les sports d'hiver n'ayant pas encore commencé, cette station de montagne serait d'une tranquillité délicieuse.

Quand, dans l'après-midi, nous arrivâmes à Estes Park, nous y fîmes une halte pour nous promener dans les rues ; nous admirâmes la Big Thompson River et louchâmes sur les vitrines des magasins qui proposaient poteries, étains et vêtements de marque à des prix faramineux. Nous achetâmes du chocolat artisanal mais aussi du fromage, des fruits, du jambon en tranches et du pain noir de façon à pouvoir piqueniquer ce soir-là ; puis nous retournâmes à la voiture et, quittant la ville par le nord en direction de Loveland et descendant la route en lacets vers Glen Haven et Drake, nous nous arrêtâmes finalement sur une aire de pique-nique où des tables étaient installées à côté du ruisseau. L'après-midi touchait à sa fin ; le canyon était complètement à l'ombre. Nous enfilâmes nos vestes et TJ et Bobby escaladèrent les rochers le long du ruisseau ; ils jetèrent des cailloux dans les eaux stagnantes et firent voguer des pommes de pin sur les vagues des rapides, courant à côté pour les suivre alors qu'elles tournoyaient et se balançaient à la surface du torrent. Puis le dîner fut prêt, soigneusement disposé sur la table de pique-nique. « Tu veux bien les appeler ? » me demanda Jessie.

Je les appelai mais avec le bruit du ruisseau ils ne m'entendirent pas. Je rejoignis l'endroit où ils jouaient. Une des pommes de pin s'était accrochée à un obstacle et ils s'employaient à la dégager à l'aide d'un bâton. Le bâton n'était pas assez long et il n'y avait pas moyen qu'ils l'atteignent. « Essaie, toi… » me dit Bobby.

Je m'emparai du bâton et, le tendant à bout de bras, j'effectuai un ample mouvement latéral sans réussir à atteindre la pomme de pin ; comme je me penchais davantage, je perdis tout à coup l'équilibre et me retrouvai les deux pieds dans l'eau. « Putain ! m'écriai-je. Bon Dieu, que c'est froid ! » Les garçons gloussèrent en désignant mes pieds. J'étais debout dans le ruisseau avec mes belles chaussures. « Petits imbéciles, dis-je. Espèces de petits imbéciles… » Je tendis à nouveau le bâton et délogeai la pomme de pin qui s'éloigna sur les flots. Je remontai sur la berge et, d'un geste vif, j'attrapai les deux garçons par le cou et ramenai leurs têtes contre ma poitrine.

« Alors comme ça vous trouvez ça drôle, hein ? De forcer quelqu'un à se mouiller les pieds ? Vous trouvez ça drôle ?

— Oui, c'est drôle. »

Ils continuaient à glousser.

Je les écrasai un peu plus fort contre mon torse.

« Vous trouvez vraiment ça drôle ?

— Oui.

— Toujours ?

— Oui.

— Très bien », dis-je.

Je les comprimai une fois encore.

« Et maintenant, vous trouvez ça comment ?

— On trouve toujours ça drôle.

— D'accord, conclus-je. C'est que ça doit être drôle, alors. »

Je les serrai affectueusement dans mes bras. Nous repartîmes vers la table de pique-nique. Je faisais exprès de marcher à pas de géant en accentuant le floc-floc de mes chaussures.

« Maman, cria T J quand nous rejoignîmes la table. Il est tombé dans le ruisseau.

— Qui ça ?

— Pat.

— Ça, par exemple !

— Et il a mouillé ses chaussures.

— Et en plus il a dit un gros mot, dit Bobby.

— C'est vrai ? demanda Jessie.

— Fichtre, non !

— Si, maman, il a dit un gros mot.

— Peut-être, acquiesçai-je. Mais ils m'y ont forcé.

— Quel tableau, dit Jessie. Regarde-toi.

— J'imagine, répondis-je.

— Tu aurais dû le voir, maman ! » s'exclama TJ. Ils recommencèrent à pouffer et ils se relayèrent pour raconter l'incident à Jessie pendant que nous nous installions à table.

Il faisait froid et presque nuit lorsque nous finîmes de dîner. Pourtant nous nous sentions bien, là, tous les quatre, assis à la même table, avec le bruit du ruisseau pas loin et l'odeur des pins et des sapins bleus partout autour de nous. À la fin, nous levâmes le camp. Les garçons devaient aller à l'école le lendemain et Jessie et moi devions retourner travailler.

Nous quittâmes les montagnes dans l'obscurité par la route 34 ; nous traversâmes Loveland et Greeley, Fort Morgan et Brush, puis nous attaquâmes les Hautes Plaines et dépassâmes Akron, avant de pénétrer dans le comté de Holt et d'arriver finalement à Holt, avec ses réverbères bleus qu'on apercevait de loin, et ses rues totalement désertes et silencieuses à cette heure de la nuit. Nous ralliâmes les confins de la ville et gravîmes le perron qui menait à leur appartement. Nous mîmes les garçons au lit et allâmes nous aussi nous coucher. Nous étions tous épuisés. Jessie et moi bavardâmes très brièvement avant de nous endormir.

À un moment dans la nuit je me réveillai, croyant avoir entendu un bruit. Je restai là une minute à tendre l'oreille dans le noir et je l'entendis à nouveau dans la pièce de devant. Je me redressai. Alors, tout doucement, une ombre s'encadra dans la porte et c'était Jack Burdette. Dans la faible lumière émanant du carrefour je distinguais sa silhouette dans l'embrasure, massive et sombre ; il sentait l'alcool et il y avait quelque chose en travers de son bras. Je m'apprêtais à me lever mais il trouva l'interrupteur sur le mur de la chambre et alluma la lumière. Jessie se réveilla en sursaut à son tour. Elle se redressa dans le lit.

« Merde, dit-il. Jamais vous portez de vêtements, tous les deux ? Enfin, bon Dieu, regardez-vous. »

Jessie ramena le drap autour d'elle. Je fis mine de sortir du lit.

« Attends un peu, dit Burdette. Je t'ai pas encore autorisé à bouger. Reste tranquille une minute.

— Qu'est-ce que tu veux ? demandai-je.

— D'après toi, qu'est-ce que je veux ?

— Il n'y a rien pour toi ici. Tu le sais.

— Si. Si, y a quelque chose. »

Adossé contre le mur, il nous regardait. Il avait mis de l'ordre dans sa toilette depuis vendredi soir, depuis qu'il avait été libéré. Il avait les yeux injectés de sang, mais il était bien rasé et il portait une chemise bordeaux avec un pantalon de toile ocre qui paraissait neuf. La chemise était tendue sur son gros ventre, et en travers de son bras reposait un fusil. Il s'en saisit et il me mit en joue.

« Je t'avais pourtant dit que j'avais une famille ici. Mais t'as pas voulu me croire, hein ?

— C'est terminé.

— Non, bordel, c'est pas terminé. (Il parlait d'un ton plein de colère.) Rien n'est terminé. Pas vrai, Jessie ?

— Si, c'est terminé. C'est fini entre nous, Jack. Allons, laisse-moi tranquille. S'il te plaît. Je veux que tu me laisses tranquille.

— Peut-être que tu ne fais que t'imaginer que c'est fini entre nous.

— Non. C'est vraiment fini.

— Mais pas pour moi. Tu es tout ce qui me reste. Pour moi, ce n'est pas fini entre nous.

— Voyons, je veux que tu me laisses tranquille. Pourquoi tu ne t'en vas pas, tout simplement ? C'est une chose que tu sais faire.

— Oui, mais je t'emmène avec moi cette fois-ci. Je vous emmène tous les trois.

— Non, dit Jessie. Non, il n'en est pas question ! »

Elle se mit à pleurer, le regardant d'un air farouche. Elle resserra le drap autour de son corps.

Je me mis debout.

« Espèce de salopard. Tire-toi d'ici.

— La ferme. Ferme ta gueule. »

Il s'éloigna du mur et fit un pas vers moi, me braquant le fusil sous le nez.

« Et toi aussi tu te lèves, ordonna-t-il à Jessie. Et tu te dépêches de t'habiller. »

Il tendit la main et lui arracha le drap ; elle était à genoux sur le lit, les bras repliés sur ses seins. Son fusil était toujours pointé sur moi.

« Fais ce que je te dis. Habille-toi et ferme-la.

— Jessie.

— Qu'est-ce que j'ai dit ? gronda Burdette.

— Jessie, ne fais pas ça ! » implorai-je.

Elle pleurait toujours. Elle me lança un coup d'œil et quitta lentement le lit pour rejoindre le placard. Elle entreprit de s'habiller. Burdette l'observait sans bouger. Je le haïssais ; je le haïssais littéralement. Pendant qu'il l'observait je tentai de m'emparer de son fusil mais il l'écarta brusquement et l'abattit sur mon crâne. Je me retrouvai étendu sur le plancher à côté du lit, nu, le cœur au bord des lèvres. Il y avait du sang qui coulait de mon oreille. Je me remis debout tout flageolant, me cramponnant à la tête de lit.

« Recommence pas, dit-il.

— Espèce de fumier. Laisse-la tranquille.

— La prochaine fois je te tue. »

Jessie avait fini de s'habiller. Elle portait un jean et un chemisier avec un gros pull. Il lui ordonna de préparer quelques affaires supplémentaires.

« Où est ta valise ?

— Elle est sous le lit.

— Prends-la.

— Jack. Ne fais pas ça. S'il te plaît, non. (Ses yeux étaient rouges et ses cheveux tout emmêlés.) S'il te plaît.

— Attrape ta valise. »

Elle se tenait toujours devant l'armoire. Elle ne bougeait pas. Plantant le canon de son arme contre ma poitrine, Burdette me poussa contre le mur.

« Tu m'as entendu ? lui dit-il. Fais tes bagages. »

Elle s'agenouilla près du lit pour récupérer sa valise, puis elle se releva et, contournant le lit, elle se rendit à la commode ; elle en sortit quelques vêtements qu'elle fourra dans la valise avant de la refermer.

« Maintenant, trouve-moi des collants, dit Burdette.

— Quoi ?

— Des collants. Des bas.

— Pour quoi faire ?

— Obéis, c'est tout. »

Elle sortit plusieurs paires de collants du tiroir et les lui lança. Une des paires de collants tomba par terre et il lui ordonna de la ramasser et de la lui apporter.

« Maintenant, recule. Face au mur.

— Qu'est-ce que tu vas faire ?

— Tu le sauras dans une minute.

— Jack. Non. S'il te plaît.

— La ferme. Fais ce que je te dis. »

Jessie me regarda une fois encore puis elle se retourna ; elle se dirigea vers le mur opposé, où elle s'immobilisa face au papier peint.

« Allez, don Juan, dit Burdette. À ton tour. Fais un nœud coulant avec ça. »

Il me tendit une des paires de collants.

« Va te faire foutre. »

Levant le fusil, il l'enfonça dans mon cou.

« Tu me crois pas capable de te tuer ?

— Si. Tout à fait.

— Alors fais un nœud. »

Je fis un nœud coulant avec les jambes du collant de Jessie puis le rendis à Burdette.

Il le testa, le serrant davantage.

« Maintenant, retourne-toi.

— Espèce d'enfoiré.

— Très juste. Maintenant, dis au revoir. »

Le fusil toujours planté contre mon cou, je me retournai. Il me tira les bras derrière le dos et me passa le nœud coulant autour des poignets – ça me brûla –, puis il posa le fusil sur le lit et m'obligea à me mettre à genoux afin de m'attacher les pieds ; il me força à cambrer les reins et noua les deux extrémités du collant autour de mes chevilles. Il m'entortilla un autre collant autour de la nuque pour me bâillonner puis fit une boucle autour du pied du lit. Il me repoussa à terre. Je gisais sur le sol, le regard levé vers lui, vers son pantalon ocre et son ventre moulé dans sa chemise bordeaux. Contre le mur opposé, Jessie s'était retournée, elle me faisait face. Elle avait recommencé à pleurer.

« Très bien, dit Burdette. Voilà qui est fait. »

Récupérant le fusil sur le lit, il s'empara de la valise, puis il prit Jessie par le bras et la fit sortir de la chambre. Ce fut la dernière vision que j'eus d'elle. Elle portait un pull d'hiver, elle pleurait et ses cheveux bruns étaient emmêlés.

Je ne vis rien des scènes qui suivirent. Je pus seulement entendre les sons effrayés qui me parvenaient de la chambre des garçons au bout du couloir. T J et Bobby étaient réveillés et on les forçait à s'habiller et je percevais l'écho étouffé de la voix de Jessie qui essayait de les rassurer, mais les garçons pleuraient tous les deux, puis il y eut le son plus grave de la voix de Burdette. Quand ils eurent fini dans la chambre ils prirent par la cuisine pour gagner la porte de derrière. La porte se referma en claquant et quelques instants après il y eut le bruit d'une voiture qui démarrait sur Hawthorne Street ; ensuite, il y eut le bruit de cette même voiture qui s'éloignait. Enfin, il n'y eut plus rien du tout.

Durant le reste de cette nuit du dimanche et la plus grande partie du lundi je demeurai étendu sur le sol dans la chambre de la vieille maison Fenner. En partant, Burdette n'avait pas pris la peine d'éteindre la lumière et toute la nuit j'étais resté étendu par terre sous la vive lumière du plafonnier. Pour une raison mystérieuse, le fait que personne à Holt ne remarque cette lampe allumée me contraria tout spécialement. Toujours est-il que personne ne la remarqua. Je restai donc étendu des heures à réfléchir à ça ainsi qu'à d'autres choses, puis petit à petit il commença à faire jour et, dès lors, qu'il y ait ou non de la lumière dans la chambre d'une maison située aux confins ouest de la ville ne risquait plus d'intriguer quiconque. Le temps passa très lentement. De loin en loin, je réussissais à dormir un peu. Puis je me réveillais à nouveau. Mon oreille avait cessé de saigner mais mes pieds et mes mains étaient engourdis et les angles de ma bouche me faisaient mal à force d'être étirés.

Pendant ce temps-là j'entendais les voitures qui passaient, les cris des gamins qui allaient à l'école et le bruit d'un chien qui aboyait. Quatre ou cinq fois dans la journée, le téléphone sonna, là-bas, sur le mur de la cuisine. Étendu sur le sol je l'écoutais sonner. Par la suite, je devais apprendre qu'un des coups de fil avait été passé par Mme Walsh, appelant du *Holt Mercury*, et qu'un autre provenait du Holt Café, du patron de Jessie, qui voulait savoir pourquoi elle n'était pas revenue travailler. Je n'ai jamais su qui avait passé les autres coups de fil.

Finalement, tard le lundi après-midi, je fus quand même délivré. Mme Nyla Waters, la voisine de Jessie, s'était inquiétée de voir ma voiture garée devant la maison toute la journée et elle avait appelé Bud Sealy. Résultat, vers cinq heures, Bud Sealy était venu aux nouvelles. Il était entré dans la maison et m'avait trouvé ligoté dans la chambre. « Qu'est-ce que c'est que ce bordel ? s'était-il écrié. Nom de Dieu. »

Il dut m'aider à me relever. Tout en m'habillant, je lui racontai ce qui s'était passé.

Tout ça, c'était il y a trois mois. Depuis, le temps s'est écoulé comme d'habitude. Nous sommes maintenant à la mi-janvier, au commencement d'une nouvelle année, et les gens de Holt continuent à évoquer les événements de l'automne précédent. En ville, Joe Don Williams demeure particulièrement bouleversé, car il se trouve que c'était son fusil que Burdette avait avec lui cette nuit-là. Burdette l'avait pris dans le râtelier du pick-up que Williams avait oublié de fermer. Le pick-up était garé dans la ruelle derrière la maison de Jenny Newcomb. De sorte que les gens parlent également de ça à présent.

Durant les trois mois en question, la police a recommencé à diffuser des bulletins d'alerte générale, comme elle l'avait déjà fait lorsque Burdette avait disparu. Cette fois, outre le vol, il est aussi accusé de kidnapping. Mais ils n'ont pas réussi à le localiser. Car, comme l'avait fait remarquer Jessie cette nuit-là dans la chambre : c'est une chose qu'il sait faire. Faute de mieux, Jack Burdette maîtrise l'art de disparaître.

Je vis donc toujours dans le comté de Holt. Je dirige toujours le journal hebdomadaire que mon père m'a transmis il y a des années. Et Wanda Jo Evans vit toujours à Pueblo, au pied de la Front Range, où elle travaille pour la compagnie du téléphone. Et Norma Kramer, cette frêle jeune femme aux cheveux noirs que j'avais épousée en sortant de la fac il y a des lustres, habite à nouveau avec son père à Denver et ils ont l'air tout à fait heureux.

Mais Jessie ? Qu'en est-il de Jessie ?

Quelque part en ce vaste monde je veux croire qu'elle va bien elle aussi. Je veux croire qu'elle et T J et Bobby sont toujours vivants, même si c'est en Californie avec Jack Burdette. Personne n'a eu aucune nouvelle d'eux depuis cette nuit-là, mais je veux croire qu'il en est ainsi et je ne perds pas espoir.

Pavillons Poche

Titres parus

Peter Ackroyd
Un puritain au paradis

Woody Allen
Destins tordus

Niccolò Ammaniti
Et je t'emmène

Sherwood Anderson
Le Triomphe de l'œuf

Margaret Atwood
Faire surface
La Femme comestible
Mort en lisière
Œil-de-chat
La Servante écarlate
La Vie avant l'homme

Dorothy Baker
Cassandra au mariage

Nicholson Baker
À servir chambré
La Mezzanine

Ulrich Becher
La Chasse à la marmotte

Saul Bellow
La Bellarosa connection
Le Cœur à bout de souffle
Un larcin

Robert Benchley
Le Supplice des week-ends

Adolfo Bioy Casares
Journal de la guerre au cochon
Le Héros des femmes
Un champion fragile
Nouvelles fantastiques

William Peter Blatty
L'Exorciste

Jorge Luis Borges, Adolfo Bioy Casares
Chroniques de Bustos Domecq
Nouveaux Contes de Bustos Domecq
Six problèmes pour Don Isidro Parodi

Mikhaïl Boulgakov
Le Maître et Marguerite
Le Roman théâtral
La Garde blanche

Vitaliano Brancati
Le Bel Antonio

Anthony Burgess
L'Orange mécanique
Le Testament de l'orange
Les Puissances des ténèbres

Dino Buzzati
Bestiaire magique
Le régiment part à l'aube
Nous sommes au regret de…
Un amour
En ce moment précis
Bàrnabo des montagnes
Panique à la Scala
Chroniques terrestres

Lewis Carroll
Les Aventures d'Alice sous terre

Michael Chabon
Les Mystères de Pittsburgh
Les Loups-garous dans leur jeunesse
La Solution finale

Upamanyu Chatterjee
Les Après-midi d'un fonctionnaire très déjanté

Collectif
Rome, escapades littéraires
Saint-Pétersbourg, escapades littéraires

Berlin, escapades littéraires
New York, escapades littéraires

John Collier
Le Mari de la guenon

Sir Arthur Conan Doyle
Sherlock Holmes : son dernier coup d'archet

William Corlett
Deux garçons bien sous tous rapports

Avery Corman
Kramer contre Kramer

Helen DeWitt
Le Dernier Samouraï

Joan Didion
Maria avec et sans rien
Un livre de raison
Démocratie

E. L. Doctorow
Ragtime

Roddy Doyle
La Femme qui se cognait dans les portes
The Commitments
The Snapper
The Van
Paula Spencer

Andre Dubus III
La Maison des sables et des brumes

Lawrence Durrell
Affaires urgentes

F. Scott Fitzgerald
Un diamant gros comme le Ritz

Zelda Fitzgerald
Accordez-moi cette valse

E. M. Forster
Avec vue sur l'Arno
Arctic Summer

Carlo Fruttero
Des femmes bien informées

Carlo Fruttero et Franco Lucentini
L'Amant sans domicile fixe

Graham Greene
Les Comédiens
La Saison des pluies
Le Capitaine et l'Ennemi
Rocher de Brighton
Dr Fischer de Genève
Tueur à gages
Monsignor Quichotte
Mr Lever court sa chance, nouvelles complètes 1
L'Homme qui vola la tour Eiffel, nouvelles complètes 2
Un Américain bien tranquille
La Fin d'une liaison

Kent Haruf
Colorado Blues
Le Chant des plaines
Les Gens de Holt County

Jerry Hopkins et Daniel Sugerman
Personne ne sortira d'ici vivant

Bohumil Hrabal
Une trop bruyante solitude
Moi qui ai servi le roi d'Angleterre
Rencontres et visites

Henry James
Voyage en France
La Coupe d'or

Erica Jong
Le Complexe d'Icare

Thomas Keneally
La Liste de Schindler

Janusz Korczak
Journal du ghetto

Jaan Kross
Le Fou du Tzar

D. H. Lawrence
Le Serpent à plumes

John Lennon
En flagrant délire

Siegfried Lenz
La Leçon d'allemand
Le Dernier Bateau
Une minute de silence
Le Bureau des objets trouvés

Ira Levin
Le Fils de Rosemary
Rosemary's Baby

Norman Mailer
Le Chant du bourreau
Bivouac sur la Lune
Les vrais durs ne dansent pas
Mémoires imaginaires de Marilyn
Morceaux de bravoure
Prisonnier du sexe

Dacia Maraini
La Vie silencieuse de Marianna Ucrìa

Guillermo Martínez
Mathématique du crime
La Mort lente de Luciana B
La Vérité sur Gustavo Roderer

Tomás Eloy Martínez
Santa Evita
Le Roman de Péron

Richard Mason
17 Kingsley Gardens

Somerset Maugham
Les Trois Grosses Dames d'Antibes
Madame la Colonelle
Mr Ashenden, agent secret
Les Quatre Hollandais

James A. Michener
La Source

Arthur Miller
Ils étaient tous mes fils
Les Sorcières de Salem
Mort d'un commis voyageur
Les Misfits
Focus
Enchanté de vous connaître
Une fille quelconque
Vu du pont *suivi de* Je me souviens de deux lundis

Pamela Moore
Chocolates for breakfast

Daniel Moyano
Le Livre des navires et bourrasques

Vítězslav Nezval
Valérie ou la Semaine des merveilles

Geoff Nicholson
Comment j'ai raté mes vacances

Joseph O'Connor
À l'irlandaise

Pa Kin
Le Jardin du repos

Katherine Anne Porter
L'Arbre de Judée

Mario Puzo
Le Parrain
La Famille Corleone (avec Ed Falco)

Mario Rigoni Stern
Les Saisons de Giacomo

Saki
Le Cheval impossible
L'Insupportable Bassington

J. D. Salinger
Dressez haut la poutre maîtresse, charpentiers,
suivi de Seymour, une introduction
Franny et Zooey

L'Attrape-cœurs
Nouvelles

Roberto Saviano
Le Contraire de la mort (bilingue)

Sam Shepard
Balades au paradis
À mi-chemin

Robert Silverberg
Les Monades urbaines

Johannes Mario Simmel
On n'a pas toujours du caviar

Alexandre Soljenitsyne
Le Premier Cercle
Zacharie l'Escarcelle
La Maison de Matriona
Une journée d'Ivan Denissovitch
Le Pavillon des cancéreux

Robert Louis Stevenson
L'Étrange cas du Dr Jekyll et de Mr Hyde

Quentin Tarantino
Inglourious Basterds

Edith Templeton
Gordon

James Thurber
La Vie secrète de Walter Mitty

John Kennedy Toole
La Bible de néon

John Updike
Jour de fête à l'hospice

Alice Walker
La Couleur pourpre

Evelyn Waugh
Retour à Brideshead
Grandeur et décadence
Le Cher Disparu
Scoop

Une poignée de cendres
Ces corps vils
Hommes en armes
Officiers et gentlemen
La Capitulation

Tennessee Williams
Le Boxeur manchot
Sucre d'orge
Le Poulet tueur et la folle honteuse

Tom Wolfe
Embuscade à Fort Bragg

Virginia Woolf
Lectures intimes

Richard Yates
La Fenêtre panoramique
Onze histoires de solitude
Easter Parade
Un été à Cold Spring
Menteurs amoureux
Un dernier moment de folie

Stefan Zweig
Lettre d'une inconnue *suivi de* Trois nouvelles de jeunesse

Titres à paraître

Collectif
Londres, escapades littéraires
Moscou, escapades littéraires

Jhumpa Lahiri
Longues distances

Richard Yates
Un destin d'exception

Composition et mise en pages
Nord Compo à Villeneuve-d'Ascq

Imprimé en Espagne par
Liberdúplex
à Sant Llorenç d'Hortons (Barcelone)
en avril 2017

N° d'édition : 56089/01 – N° d'impression : 59213